muschel

Der Autor

Christian Bartel interessiert sich für Komik und Verzweiflung, ist Mitherausgeber der Literaturzeitschrift »Der Exot« und lebt als freier Autor in Bonn. Er angelt Forellen mit der bloßen Hand und wirft sie an den Himmel, wo man sie nachts als Sterne funkeln sehen kann. Manchmal setzt er sich hin und schreibt traurig-komische Geschichten, wie sie hier in diesem Buch versammelt sind.

Christian Bartel

seit ich Tier bin

muschel

1. Auflage

Umschlag: Mathias Lück
Satz: Samuraikatze
Foto: Greta Flohe
Herstellung: Steinmeier, Deiningen

ISBN 978-3-936819-30-4

Inhalt

Frau Pichelstein, ihre sprechende Katze und ich

Weil große Ferien sind, müssen wir Frau Pichelstein und ihre sprechende Katze besuchen gehen. Frau Pichelstein heißt so, weil sie nach Eintopf riecht. Nach altem Gemüse mit sauer. Wer so riecht, den nenne ich nicht Oma.

Ich falte die Hände und überlege, ob Jesus machen kann, dass wir in einen Stau kommen. Kann er aber nicht, beschließe ich, mit Autos kennt er sich nämlich nicht aus. Man darf ja auch keine Autos auf die Bilder für den Kindergottesdienst malen, erlaubt sind nur Berge, Männchen und drei Kreuze. Sie haben ihn ja drangenagelt an so ein Kreuz, trotzdem darf man nicht so viel Blut malen, wie eigentlich richtig wäre, weil man sonst als sonderbar gilt und gefragt wird, ob die Mutti zu Hause geschlagen wird. Wenn das passiert, weiß man, dass man zuviel Blut gemalt hat.

Beim letzten Krippenspiel war ich Dinosaurier. Weil das nämlich mein Lieblingstier ist und eben nicht Ochse. Außerdem wollte ich gucken, ob Jesus überhaupt gegen einen Dinosaurier gewinnen kann. Kann er aber nicht, und ich musste danach einen Entschuldigungsbrief an das Jesuskind schreiben, weil es gebissen worden war.

Wenn Jesus jetzt einen Stau macht, darf er ab sofort mein Lieblingstier sein, bete ich, aber er betet nicht zurück, und wir fahren weiter.

Meine kuhäugige Schwester sitzt neben mir und liest einen Pferde-Comic. Sie sollte lieber was mit Kühen lesen, so wie sie aussieht. Ich gucke sie an und sage laut »Muh!«, aber sie hat keine Lust sich aufzuregen.

Meine Mutter erklärt, dass die Pommes heute zu nah am Kaffeetrinken liegen und es deswegen keine gibt, obwohl wir gleich auf der Hälfte sind.

Jetzt hat meine Schwester doch Lust, sich aufzuregen und sagt, dass sie nix dafür kann, dass ich mich vorhin versteckt habe.

Meine Mutter meint, ich soll mal drüber nachdenken, was ich ständig anrichte und nicht immer Zirkus machen, wenn wir zur Oma fahren. Sie schaut meinen Vater an, der auch was dazu sagen soll. Er hat heute nämlich noch gar nichts gesagt.

»Ich kann ihn ja verstehen«, nuschelt mein Vater und zwinkert mir zu, aber meine Mutter sagt, das könne sie jetzt gar nicht gebrauchen. Dann schmollen alle, bis wir an der Raststätte angekommen sind.

Ich darf nur aussteigen, wenn ich verspreche, mich nicht zu verstecken, bekomme aber keine Pommes, egal, was ich verspreche. Ich laufe die Böschung ab, suche nach Höhlen, in denen ich ab jetzt leben könnte, und gucke nach, ob ein Hund zum Streicheln da ist. Es gibt aber nur einen Gully, den ich nicht aufkriege, und einen Rauhaardackel, der Foxy heißt.

Ich frage Foxys Frauchen, ob ich Pommes haben kann. Meine Eltern sind arm, sie haben nur Geld für ein Kind, erkläre ich und zeige auf meine Familie, die drinnen Pommes isst.

Na ja, meint die Frau unsicher, und ich sage, dass ich auch Eis, Kaugummis und Matchbox-Autos nehme. Ich bekomme das Auto und eine Banane.

Mitfahren darf ich aber trotzdem nicht, und adoptieren will die Frau mich erst recht nicht. Ich frage, ob sie ihren hässlichen Dackel nicht lieber hierlassen und stattdessen mich als Haustier mitnehmen will, weil ich zum Beispiel mehr Tricks kann als die meisten Hunde. Die Frau lacht mich aus und wuschelt an meinem Kopf herum. Ich mag das nicht und stecke die Banane in ihren Auspuff, als sie nicht hinguckt.

Ich male ein Schild und versuche, per Anhalter wegzukommen, aber es klappt nicht, obwohl ich finde, dass man unser Haus sehr gut erkennen kann.

Weil ich mich nicht versteckt habe, bekomme ich von meinen Eltern ein Eis, aber ein kleineres als meine Schwester. Später habe ich einen Traum, in dem ich ein Pirat mit Holzbein bin, der mit seinem Schlauchboot die anderen Autos rammt, und dann sind wir da.

Damit Frau Pichelstein mich zur Begrüßung nicht anfassen kann, habe ich mir ganz viel Gepäck aus dem Kofferraum genommen und falle die Treppe herunter. Als ich wieder zu mir komme, sitze ich auf Frau Pichelsteins Schoß und werde vollgestunken. Dann soll ich die sprechende Katze streicheln, die unter dem Schrank sitzt und mich bösartig anstarrt. Meine Mutter will außerdem, dass ich endlich aufhöre zu brüllen, und sagt: »So schlimm kann es doch gar nicht sein.« Ich sage: »Doch!« und fange an, ein Bild zu malen, auf dem ein Kind eine lange Treppe hinunter in einen dunklen Keller geworfen wird.

Zum Abendessen gibt es grauen Blumenkohlmatsch in Mehlsoße, aber Frau Pichelstein will uns trotzdem guten Appetit wünschen, und wir müssen uns an den

Händen fassen. Ich erzähle, die Katze hätte gesagt, dass Frau Pichelstein immer Mäusegedärm ins Essen tut, und darf in der Küche weiteressen. Mit der Gabel drücke ich den Blumenkohl durch den Ausguss in der Spüle, weil er im Mülleimer ja auffallen würde.

Als ich fertig bin, sitzt die Katze auf der Spüle.

»Wieso bist du schon wieder hier, du Scheißkind?«, fragt sie fauchend und versucht, die Blumenkohlreste aus dem Ausguss zu pulen.

»Kannst du auch gegen einen Dinosaurier gewinnen?«, frage ich zurück, und die Katze nickt. Kann sie aber nicht, finde ich heraus, und zwar, weil sie den Mülleimerdeckel von innen nicht wieder aufkriegt.

Meine Mutter sagt, sie kann nicht glauben, dass ich die Katze in den Mülleimer gestopft habe, weil ich doch sonst so tierlieb bin, und Frau Pichelstein verlangt, dass wir sofort abfahren, und das machen wir dann auch, bevor sie noch mehr Geschirr nach mir wirft.

Tod und Begräbnis von Häuptling Belegtes Brot

»Du musst schnell kommen, Petuschkin«, sagte ich und rüttelte an dem Schlafenden. »Häuptling Belegtes Brot hat auf dem Dachboden Selbstmord begangen, mit seinem Beil.«

»Na, wenn er tot ist, hat es ja keine Eile«, murmelte Petuschkin und zog die fadenscheinige Decke über den Kopf.

»Petuschkin«, bettelte ich, »du musst dir das auch ansehen, sonst kann ich alleine nicht schlafen.«

Tatsächlich setzte sich Petuschkin ächzend auf und fragte: »Hast du ihm die Augen zugemacht?«

»Nein«, erwiderte ich, »ich wusste nicht, ob er das gewollt hätte.«

Petuschkin fluchte in einer Sprache, die nicht einmal er selber verstand und herrschte mich an: »Das bringt aber Unglück, wenn einer hängt und hat die Augen auf.«

»Er hängt nicht, er sitzt«, warf ich ein, aber Petuschkin beschied mir zu schweigen. Dann zog er seinen brokatbesetzten Morgenmantel über und schob die Schlafbrille auf die Stirn.

»Wir müssen hochgehen«, entschied er und packte meinen Arm.

Petuschkin beugte sich über den Leichnam des alten Mannes.

»Guck mal. Er hat zwei Ziegelsteine an die Axt gebunden, und da oben ist eine Rolle, da hat er die Axt mit einem Seilzug hochgezogen und dann auf seinen Kopf runtersausen lassen. Wie geschickt von ihm.«

Petuschkin zog an dem Seilzug, aber die Axt bewegte sich nicht.

»Wir lassen sie besser drin«, sagte ich. »Belegtes Brot hat sich bestimmt etwas dabei gedacht.«

Petuschkin nickte, drückte ihm die Augen zu und sagte: »Gut, gehen wir schlafen.«

»Das geht nicht. Wir müssen Totenwache halten. Das ist so, wenn ein Häuptling gestorben ist.«

»Belegtes Brot zählt nicht, der war nur von sich selber Häuptling.«

»Ja«, entgegnete ich, »aber ein weiser und gerechter Häuptling.«

»Das ist auch wieder wahr«, seufzte Petuschkin und ließ sich neben dem Toten niedersinken. »Du musst Schnaps holen, und dann rauchen wir die Zigaretten von Belegtes Brot auf. Aber erst musst du ein Klagelied singen.«

»Ich kann kein Klagelied«, sagte ich, aber Petuschkin ließ diesen Einwand nicht gelten.

»Wieso? Du meckerst doch sonst auch immer an allem rum«, polterte er. »Warum fällt dir jetzt nichts ein? Jetzt hast du doch mal Grund zum Klagen.«

Ich zuckte mit den Schultern.

Petuschkin erhob sich und schubste mich beiseite.

»Dann geh du nur Schnaps holen, und ich singe das Klagelied.«

Als ich mit den Flaschen wiederkam, hatte Petuschkin den Toten in seinen Morgenmantel gewickelt und eine brennende Kerze mit heißem Wachs auf seinem Kopf befestigt. Außerdem sang er und tanzte um Häuptling Belegtes Brot herum. Die Kerze flackerte, und der Schatten von Petuschkins massiger Gestalt ließ dunkle und verrückte Vögel an den Wänden des Dachstuhls entlangflattern.

»Sollte es nicht irgendwie würdevoller aussehen?«, gab ich vorsichtig zu bedenken.

Doch Petuschkin schüttelte nur die Faust.

»Immer beklagt er sich«, jaulte er. »Nur wenn er soll, fällt ihm nichts ein.«

Weil mir aber noch nicht nach klagen zumute war, setzte ich mich hin und trank Schnaps. Doch Petuschkin entwand mir die Flasche, nahm einen Schluck in den Mund und prustete sie in feinen Tröpfchen über das Gesicht von Belegtes Brot.

»Das habe ich im Fernsehen gesehen«, erklärte er mir.

»Und was soll das nützen?«

»Weiß nicht, irgendwas mit guten oder bösen Geistern. Außerdem mochte er Schnaps.«

Petuschkin begann wieder zu singen.

Er sang davon, wie Belegtes Brot einmal abgeholt werden sollte und wie heldenmütig er sich mit dem heißen Bügeleisen verteidigt hatte. Der Häuptling hatte sich eine Kabelrolle auf den Rücken geschnallt und in jeder Hand ein heißes Bügeleisen gehalten. Außerdem hatte er einen Helm aufgehabt, den er aus einem Blecheimer für Frittenfett gebastelt hatte. Er hatte sich hinter dem Sofa versteckt und die beiden Polizisten ganz nah rankommen lassen.

Der Polizist hatte danach gesagt, als er seine Hand bei Omma Henrich in Eiswasser hatte legen müssen, es ist ihm egal, wenn ein alter Verrückter in seiner eigenen Scheiße verreckt. Sie waren aber trotzdem wiedergekommen, Häuptling Belegtes Brot hatte sich jedoch in der Mülltonne versteckt gehalten, und die Polizisten fluchten, weil er sehr interessante Fallen in seiner Wohnung aufgestellt hatte. Einen Vorschlaghammer, der herunterfiel, wenn man die Küchentür öffnete, und eine Feder vom Schrottplatz, mit der er das Klo zum Katapult umgebaut hatte. Aber die Spannung war zu stark gewesen, und es gab nur eine Überschwemmung, weil das Becken aus der Verankerung gerissen worden war.

Die Polizisten sagten, es wäre trotzdem Körperverletzung und dass sie jetzt keine Ruhe mehr geben würden. Häuptling Belegtes Brot hatte dann erst einmal im Wald gewohnt. Nach ein paar Wochen haben wir ihn als vermisst gemeldet und doch Ruhe gehabt. Schließlich ist er auf den Dachboden gezogen, ich habe seine Wohnung bekommen und musste nicht mehr bei Omma Henrich wohnen. Das war gut, denn es war die Zeit gewesen, als Omma Henrich schwierig zu werden begann. Sie konnte die Leute nicht mehr gut auseinanderhalten, und ich war abwechselnd ich, ihr Mann Hermann, ein Kanarienvogel oder der Gehörnte. Das war besonders schwierig, denn vor dem Gehörnten hatte sie Angst. Sie betete dann fortwährend und kippte mir immer Weihwasser ins Bett, auch wenn es draußen sehr kalt war.

Ich beriet also mit Petuschkin, was zu tun sei, weil wir auf einmal zwei schwierige alte Menschen im Haus hatten. Eigentlich war es das Haus von Omma Henrich, aber wir hatten uns adoptiert. Omma Henrich hatte das nichts ausgemacht, sie unterschrieb gern Zettel. Das tat sie eigentlich dauernd.

Häuptling Belegtes Brot hatte schon bei Omma Henrich gewohnt, als er noch nicht Häuptling, sondern Schlosser gewesen war. Aber irgendwann – das hatte Omma Henrich erzählt – hatte er sein altes Leben im Innenhof verbrannt und sich ein anderes gesucht. Es war wohl eine günstige Gelegenheit gewesen, weil seine Frau gerade weggelaufen war und er keine Lust auf eine neue gehabt hatte. Seitdem schlief er auf dem Boden, lief halbnackt herum und trug bunten Federschmuck.

Wir besorgten dem Häuptling einen Bogen, damit er jagen konnte. Weil er ja vermisst war, bekam er keine Sozialhilfe mehr. Weil er sich aber als vollwertiges Mitglied unserer Hausgemeinschaft fühlen sollte, musste auch er etwas zu unserem Lebensunterhalt beitragen. Es war ein Volltreffer, denn Häuptling Belegtes Brot entwickelte sich zu einem begnadeten Jäger. Er schlief tagsüber, streifte nachts seinen Kopfschmuck über und durch die dunklen Vorstädte. Zwar musste er schon über sechzig sein, doch besaß er die Biegsamkeit und präzise Eleganz eines geborenen Nachtjägers. Außerdem waren Haustiere ziemlich einfach zu jagen.

Wir aßen hauptsächlich Meerschweinchen, Kaninchen, Goldfische, Koi, Schlangen und auch Brieftauben. Petuschkin, der einige Zeit in China verbracht zu haben behauptete, erbot sich, auch einmal einige Hundegerichte zu probieren, doch Häuptling Belegtes Brot lehnte brüsk ab. Er war auf die Zusammenarbeit mit diesen Tieren angewiesen, wenn er durch die finsteren Vorgärten huschte.

»Keine Hunde«, sagte er und ließ keinen Zweifel an der Ernsthaftigkeit seiner Aussage, indem er mit seinem Beil in den Küchentisch hieb.

»Ich kann das nicht so schnell.«

»Was?«, fragte Petuschkin und hielt in seinem Sermon inne.

»Seinen Tod beklagen. Vorhin hat er nämlich noch gelebt.«

Petuschkin schaute auf Belegtes Brot herab.

»Stimmt, er sieht nicht tot aus. Aber er ist tot. Sein Gehirn liegt auf dem Boden.«

Ich schüttelte mich.

»Aber nur ein bisschen«, beruhigte mich Petuschkin.

Wir saßen noch viele Stunden bei Häuptling Belegtes Brot, besprachen manches, tranken Schnaps und rauchten die Zigaretten auf, die in seiner Jackentasche gesteckt hatten. Dann schliefen wir ein.

Als Petuschkin mich weckte, stachen die Sonnenstrahlen wie blanke Messer durch die Ritzen des Daches und Belegtes Brot sah aus wie ein erlegtes Zebra. Jetzt sah er wirklich tot aus, und ich begann zu weinen.

Petuschkin schüttelte mit dem Kopf und zeigte mir einen Vogel, doch dann lächelte er mich plötzlich an.

»Weißt du, was du gemacht hast?«, fragte Petuschkin.

»Ich habe geschlafen, Petuschkin.«

»Unsinn. Du bist geflogen. Mit meinen eigenen Augen hab' ich es gesehen.«

»Unsinn«, erwiderte e ich, »ich kann nicht fliegen. Nicht mal Häuptling Belegtes Brot konnte fliegen, obwohl er es immer wieder versucht hat.«

»Einmal hätte es fast geklappt«, erinnerte sich Petuschkin, »aber dann ist der Flügel abgebrochen, und er ist abgestürzt. Und dann musste er zwei Monate im Bett liegen, und es gab keinen Haustierbraten.«

»Ja«, sagte ich, »er war ein mutiger Häuptling. Aber nicht besonders rücksichtsvoll.«

In Petuschkins kleinen grünen Augen funkelte eine Idee. Aber keine gute, das sah ich.

»Aber du, du bist geflogen. Einfach, so wie du da lagst, hochgeflogen. Auf dem Rücken durch die Luft geschwommen. Und dann hat der tote Häuptling Belegtes Brot durch dich gesprochen.«

Er machte eine Pause und guckte herausfordernd.

»Er sagte: ›Petuschkin, ich bestimme, dass du mein Nachfolger werden sollst. Häuptling vom ganzen Haus, mit allem Pipapo.‹«

Ich sah Petuschkin scharf und lange an. Das tat ich immer, wenn er log. Ohne zu blinzeln blickte ich ihm eine Viertelstunde direkt in die Augen.

»Das hat er nicht gesagt,« entgegnete ich schließlich mit schneidender Stimme.

»Nein, das hat er nicht gesagt«, bestätigte Petuschkin meinen Verdacht kleinlaut und blickte zu Boden, weil seine Augen tränten.

»Er sagte vielmehr: ›Ich möchte, dass ihr mich verbrennt, und zwar auf einem Boot. Ich möchte auf einem brennenden Boot im See versinken, so wahr ich Häuptling Belegtes Brot heiße. Dies ist mein Wunsch, und ihr sollt ihn erfüllen, denn ihr seid meine Kinder. Im übertragenen Sinn allerdings, weil ich Kinder nicht ausstehen kann, aber das wisst ihr ja.‹«

An dieser Stelle muss ich sagen, dass ich nicht genau wusste, was ich jetzt tun sollte. Häuptling Belegtes Brot war ein merkwürdiger Mensch, das hat jeder gemerkt. Und wenn merkwürdige Menschen sterben, dann passieren mitunter merkwürdige Dinge. Und einen letzten Wunsch soll man eh nicht abschlagen.

Aber auch Petuschkin ist ein seltsamer Mensch und hat seinen eigenen Kopf. Nicht auszuschließen, dass ihm bloß langweilig gewesen war und er einfach mal ein Boot verbrennen wollte. Außerdem war ich noch nie geflogen, warum also jetzt? Andererseits kommt es einem Häuptling zu, ein prächtiges Begräbnis zu haben, obwohl das mit dem brennenden Boot eher ein Wikingerbrauch ist, das habe ich irgendwo gelesen.

»Die Wikinger sind die Indianer des Nordens«, erriet Petuschkin meine Gedanken. Manchmal war er mir wirklich unheimlich, aber er hatte Recht. Wir würden den Wunsch von Häuptling Belegtes Brot erfüllen, auch wenn Petuschkin ihn sich ausgedacht hatte.

Wir kappten also die Schnur an der Axt und wickelten Häuptling Belegtes Brot in einen Teppich. Dann schleppten wir ihn die Treppe herunter und packten ihn in einen der Einkaufswagen, die Petuschkin immer aus den Supermärkten mitnahm, weil er einfach gern klaute.

Unser Plan war einfach, aber würde funktionieren. Wir würden warten, bis der Mond hoch am Himmel stand, den Häuptling zum Stadtteich fahren, dort ein Tretboot klauen, das Ding mit Benzin übergießen und Häuptling Belegtes Brot drauflegen. Dann würden wir ihn anschubsen, bis er zur Mitte des Sees geschwommen wäre.

Petuschkin sagte »Los!«, und ich gab dem Boot einen kräftigen Stoß. Der Häuptling rauschte majestätisch durchs Wasser und machte es sich tatsächlich mit seinem Schiffchen in der Mitte des Teiches bequem. Eine Ente flatterte schlaftrunken auf und ließ sich auf dem Boot nieder.

»Das ist gut«, nickte Petuschkin zufrieden, »Enten waren ihm von allen Tieren die liebsten. Er hat sie sehr gerne gegessen.«

Dann entzündete Petuschkin einen Lumpen, den er um den letzten Pfeil des Häuptlings gewickelt hatte, und schoss einen schönen Bogen Richtung Tretboot. Es machte ein schmatzendes Geräusch, weil der Pfeil den Bauch von Belegtes Brot getroffen hatte, und ich bekam davon weiche Knie. Die Ente erschreckte sich auch und flog davon.

Wir hielten beide den Atem an, denn ein leisen Rauschen, ein erwartungsfrohes, hungriges Knistern, erfüllte die Luft, noch bevor die Flammen sich mit einem mächtigen Satz ihrer Beute bemächtigen konnten.

Als Häuptling Belegtes Brot gerade in einer herrlichen rot-orange-grünen Feuersäule in den Himmel zu steigen begann, rückte die Polizei an. Ohne uns noch einmal umzusehen, rannten wir los. Wir liefen, bis wir Seitenstiche hatten, liefen, bis wir grüne Flecken vor den Augen sahen, und rannten weiter, bis Petuschkin schließlich wegsackte und vor Erschöpfung neben einen Busch kotzte.

Für das erste Mal war's nicht schlecht.

Natürlich sind über den Damenumkleiden keine Videokameras installiert worden. So was ist ja verboten. Aber letztes Jahr wurde der Laden umgebaut, weil die Zentrale gesagt hat, dass die Kasse nach vorne soll. Mir persönlich ist es ja scheißegal, aber jetzt sind die Damenumkleiden halt auch videoüberwacht, weil niemand die Kameras da drüber weggemacht hat. Aber in der Damenumkleide wird eh am meisten geklaut. Was Frauen sich alles unterziehen können, ohne dass es groß auffällt, ist der Hammer. Männer stopfen sich die Sachen gleich am Regal unter die Jacke und rennen sofort raus, wenn sie glauben, dass der Kaufhausdetektiv sie bemerkt hat. Daran erkennt sie der kluge Detektiv, sagt Horst, und der ist ja einer. Für Männer bräuchte man eigentlich keine Videoüberwachung, sagt Horst.

Der Vorvorgänger von Horst hat sich mal einen blasen lassen. Das Mädchen hätte ihm das angeboten, als er sie erwischt hat, hatte er jedenfalls behauptet, aber wie dann rausgekommen ist, dass die erst vierzehn war, hat ihm eh keiner mehr was geglaubt. Horst sagt, der sitzt immer noch. Danach mussten alle Detektive eine Schulung machen, aber Horst hat geschwänzt, weil er den Dozenten von früher kannte, der war auch mal bei der Polizei. Aber das macht nichts, dass er geschwänzt hat, weil Horst ist ja eh schwul.

Wir sollen die Monitore ausmachen, hat die Geschäftsleitung irgendwann gemeint, und nur im Bedarfsfall benutzen. Wenn jemand was klaut zum Beispiel.

Aber es wird ja immer geklaut, und wir kriegen jedes Mal Prämie, deswegen sind die Monitore immer an, und meine Schwester zum Beispiel geht nicht mehr einkaufen bei uns, obwohl sie über mich Prozente kriegen würde.

Bea sagt, dass Hassan manchmal wichst, wenn Mädchen sich umziehen. Das kann auch sein, obwohl Hassan Moslem ist, und die dürfen viele Sachen ja nicht. Mit Hassan arbeite ich trotzdem lieber, weil er immer Essen mitbringt. Dafür kriegt er meine Zeitung, wenn ich die durch habe. Wegen seinem Deutsch. Das muss besser werden, sagt er.

Heute ist nichts los, und Marktleiter Villinger kommt erst am Nachmittag, deswegen rauchen wir die Bude voll, außerdem haben wir den Rauchmelder abgeklemmt. Horst liegt im Lager auf einem Haufen Cashmere-Pullover und schläft, weil er gestern saufen war.

Hassan und ich schauen uns seit vier Stunden fast leere Monitore an. Hassan wird unruhig, erzählt umständlich was von Kindergarten, seiner Frau und Putzen und geht dann. Viel bringt das Zeitunglesen bei ihm ja nicht, aber ich weiß eh, dass er die Tochter abholen muss, das tut er montags immer. Drei Mädchen wühlen in einer Grabbelkiste und setzen sich lachend Unterhosen auf den Kopf. Dann gehen sie wieder, und ich mache mir ein Bier auf.

Peggy kann nicht mehr. Sie muss sich hinsetzen und noch mal tief durchatmen. Das ist ja ihr erster Überfall. Deswegen überfällt sie auch keine Tankstelle oder eine Bank. Hier im Laden kennt sie sich nämlich aus.

Sie kramt noch ein bisschen bei den T-Shirts herum, um nicht aufzufallen und weil das rote Oberteil wirklich schön ist. Das wird sie dann auch noch mitnehmen, überlegt sie und geht steifbeinig zu den Damenumkleiden, weil ihr die Knie zittern. Peggy lässt sich auf die Bank fallen, den Kopf zurücksinken und macht die Augen zu. Ihr ist schwindelig. Sie kann auch einfach wieder gehen, denkt sie, dann wäre nichts passiert. Aber es ist ja noch nie was Aufregendes passiert bei ihr, und deswegen ist sie auch hier, unter anderem. Außerdem braucht sie Geld. Nicht die sechshundert Euro am Ende des Monats, sondern ganz viel auf einmal. Zehntausend oder so. Warum, weiß sie selber nicht genau.

Peggy macht ihren Rucksack auf und zuckt zusammen, weil sie gleich die Waffe in die Hand nehmen muss. Sie weiß ja nicht mal, ob die wirklich echt ist oder nur Gas verschießt. Er hat zwar immer behauptet, dass sie echt ist, aber er hat ja immer alles Mögliche behauptet, der Arsch. Patronen sind jedenfalls drin, da hat sie nachgeguckt.

Das ist wirklich die Peggy, da auf dem Bildschirm. Ich hab sie erst nicht erkannt, weil sie jetzt schwarze Haare hat. Früher war sie blond, mit komischen Strähnchen drin. Peggy kommt aus Sachsen oder so, und meine Schwester hat sie früher deswegen immer verarscht. Ich mochte aber ganz gern, wie sie geredet hat. Aber sie war ja mit diesem Arschloch zusammen, deswegen hab ich nie was gesagt. Wieso sitzt die denn so lange in der Kabine rum? Ich glaube, die heult.

Peggy reißt sich zusammen, wischt sich noch mal über die Augen und zieht die Skimütze über. Dann holt sie die Waffe aus dem Rucksack und übt ihren Text. Ohne zu stottern, ohne dass die Stimme wegsackt und ohne diesen Dialekt, der ist ihr ja eh peinlich.

Scheiße. Die will den Laden überfallen. Oder was soll das sonst? Wir sind noch nie ausgeraubt worden, bringt ja auch nichts, weil Villinger die Kasse immer kleinhält. Besonders heute bringt es nichts, weil noch kaum Umsatz gemacht wurde. Ich rufe Irmchen an, die sitzt heute an der Kasse.

Du, Irmchen, sage ich, gleich kommt die Peggy aus der Umkleide und macht einen Überfall, glaub' ich. Nicht erschrecken, aber die ist auch bewaffnet.

Huch, sagt Irmchen. Wir sind doch noch nie überfallen worden. Und eine Peggy kennt sie auch keine.

Doch, die aus Sachsen, sage ich, meine Schwester ist mit der befreundet. Die ist nett.

Ach so, die, sagt sie, ich dachte, die ist Friseuse. Wieso überfällt die denn jetzt Modeläden? Und wie geht's denn überhaupt deiner Schwester?

Gut, sage ich, aber die Kinder nerven.

Ja, Kinder halt, sagt sie und dann: Ich hab' aber gar kein Geld in der Kasse, nur dreihundertachtzig Euro, das reicht doch hinten und vorne nicht für einen Überfall. Wo ist denn überhaupt Horst?

Im Lager, sage ich, der schläft aber. Das kann ich nämlich sehen, weil das Lager auch videoüberwacht ist, denn wenn jemand noch mehr klaut als Frauen, sind das die Angestellten. Und ganz besonders Horst.

Das ist doch typisch Horst, dass er jetzt nicht da ist, schimpft Irmchen noch, dann wird sie ein bisschen blass, weil Peggy aufgetaucht ist und ihr die Pistole ins Gesicht hält. Sie hält die Waffe schräg, wie man das aus Filmen kennt.

Das ist ein Überfall, her mit dem Geld, höre ich Peggy durch den Hörer sagen, den Irmchen nicht aufgelegt hat. Peggy sächselt gar nicht mehr.

Irmchen sagt, sie soll gefälligst auf den Kaufhausdetektiv warten, der ist für so was zuständig. Peggy nickt irritiert.

Hallo, Peggy, rufe ich durch den Hörer, aber sie hört mich nicht, weil sie abgelenkt ist.

Hassans ältester Sohn ist mit drei Freunden aufgekreuzt, weil die Schule aus ist. Die Jungs gucken interessiert dem Überfall zu. Ob sie die Waffe auch mal anfassen könnten, fragen sie und machen Peggy Komplimente, damit sie die Pistole rausrückt.

Nee, sagt Irmchen, so weit kommt das noch, aber ihr könnt den Horst mal aus dem Lager holen. Der wird hier gebraucht.

Ich muss auf meinen Vater warten, sagt Hassans Sohn, außerdem ist Horst schwul, da geh' ich nicht hin.

Peggy sagt, dass kann ihm doch egal sein, ob der Horst schwul ist.

Ich geh' nur, wenn ich die Waffe mal halten darf, sagt Hassans Sohn. Peggy seufzt und gibt sie ihm schließlich.

Wenn dein Vater das erfährt, warnt Irmchen und schüttelt missbilligend den Kopf.

Ist die eigentlich echt?, fragt Peggy, weil Hassans Sohn sehr fachmännisch mit der Pistole hantiert, aber der weiß es auch nicht und zuckt mit den Schultern. Dann schießt er in die Decke, und sie finden zusammen heraus, dass die Waffe echt ist. Die Jungs sind begeistert und wollen alle mal.

Aber da ist Hassan schon vom Kindergarten zurück und bekommt einen Wutanfall, weil er seinen Sohn mit der Waffe rumfuchteln sieht. Der Wutanfall ist auf arabisch, aber man versteht ihn auch so. Der Sohn sagt, dass er nichts gemacht hat, kriegt aber trotzdem ein paar gescheuert.

Irmchen sagt, Hassan soll mal nicht so sein. Er wär' ja auch mal jung gewesen und so.

Sie soll sich da raushalten, brüllt Hassan. Sein Sohn soll zur Schule gehen und keine Läden überfallen.

Hassans Sohn heult, dass er in der Schule gewesen ist, und seine Freunde sagen, Ehrenwort, der war den ganzen Vormittag da, und der Überfall war auch nicht seine Idee.

Peggy nutzt den Streit, greift nach der Waffe und schießt in die Decke. Sie weiß ja jetzt, wie das geht. Da sind dann endlich alle mal kurz still.

Peggy entschuldigt sich bei Hassan. Das ist mein erster Überfall, sagt sie, ich bin noch nicht so gut.

Aber jetzt will sie endlich das Geld haben. Ich hab' aber nur die dreihundertachtzig Euro, sagt Irmchen, und Peggy meint: Da hätte ich ja Friseuse bleiben können.

Von der Schießerei ist Horst endlich aufgewacht, rollt von seinem Pulloverstapel herunter und reibt sich die Augen. Horst ist ziemlich dick geworden, weil er einen Liebeskummer hat und deswegen immer saufen gehen muss. Außerdem ist er furchtbar verkatert und schwankt noch leicht beim Gehen.

Trotzdem versucht er, die Lage gleich unter Kontrolle zu bringen. Man kann von Horst sagen, was man will, zum Beispiel, dass er viel klaut, und das stimmt ja auch, aber in Krisensituationen steht er immer seinen Mann. Erzählt er jedenfalls immer. Jetzt ist Horst an der Kasse angekommen und versucht zu deeskalieren. Er hat ja Polizist gelernt, ist aber dort wegen seines Schwulseins rausgemobbt worden.

Wir müssen jetzt alle zusammenarbeiten, damit nichts Schlimmes passiert, sagt er. Es sollen sich alle flach auf den Bauch legen, befiehlt Horst, damit keiner verletzt wird. Hassan sagt, dass er jetzt aber mit seinen Kindern nach Hause geht, da wird auch keiner verletzt, und Irmchen hat hinter der Kasse sowieso keinen Platz zum Hinlegen. Die Freunde von Hassans Sohn wollen sich hinlegen, aber Hassan scheucht sie fluchend aus dem Laden. Irmchen gibt Peggy endlich die dreihundertachtzig Euro, und ich sage ganz laut »Hallo, Peggy«, weil sie gerade ganz nah am Hörer ist.

Peggy ist ziemlich erstaunt und meldet sich prompt mit Vor- und Nachnamen. Ihr Nachname ist Wildenmuth. Ich bin ein bisschen aufgeregt, weil ich sie irgendwie süß finde.

Hallo, Peggy, sage ich, du machst das schon sehr gut für den Anfang. Dann erkläre ich ihr, dass um drei der Villinger mit dem Tresorschlüssel kommt und dass sie bis dahin eine Geisel braucht, mich zum Beispiel.

Ich war von Anfang an dagegen, dass sie auch noch Horst als Geisel nimmt, aber Irmchen ist ja nur halbtags da und musste nach Hause. Jetzt sitze ich also mit Peggy und Horst im Überwachungsraum, und wir starren auf die leeren Monitore. Der Laden ist wegen Geiselnahme geschlossen, das steht ja auch auf dem Zettel an der Tür. Horst hat versucht, Villinger anzurufen, dass er früher kommt, hat aber seine Nummer nicht gefunden. Außerdem ist ihm schlecht.

Peggy sagt: Boah, ist mir heiß. Ich nehm' jetzt mal die Mütze ab, hier kennt mich ja eh jeder.

Horst sagt: Ich nicht. Und da sage ich: Dann hau doch ab, Horst. Aber Peggy meint, zwei Geiseln sind besser als eine. Damit er nicht rummault, kriegt Horst ein Bier von mir. Zwanzig Minuten später hat er alle Biere weggetrunken und mault erst recht rum, wegen Liebeskummer. Gregor hat ihn nämlich verlassen. Gregor ging mir schon auf den Sack, als die beiden noch zusammen waren, dass es danach noch schlimmer werden würde, hätte ich nicht gedacht, ist aber so.

Peggy findet die Geschichte noch interessant und tröstet Horst, sie macht das ja auch nicht jeden Tag mit.

Sie sagt, dass auch andere Mütter hübsche Söhne haben und dass er ganz bestimmt bald wen Neues kennenlernt.

Wie denn, wenn er immer besoffen ist, wende ich ein, aber Peggy erklärt, dass sie auch betrunken war, als sie ihren letzten Freund kennengelernt hat.

Das Arschloch, rutscht mir raus, und Peggy nickt. Woher kennst du den denn?

Von meiner Schwester, sage ich, die hatte den auch mal.

Hätt' sie ja mal was sagen können, findet Peggy und fragt, ob die Kinder noch so nervig sind.

Da kommt endlich Villinger. Er hat Polizei mitgebracht.

Ich muss euch jetzt mal bedrohen, sagt Peggy und hebt die Waffe.

Du musst die Mütze wieder aufziehen, wenn wir rausgehen, sage ich. Im Laden wimmelt es von Polizisten, sogar in der Damenunkleide sind welche.

Peggy Wildenmuth, ruft ein Megaphon von unten, geben Sie auf. Hier kommen Sie nicht mehr raus.

Das mit der Mütze kann sie sich also sparen.

Du kannst damit eine Durchsage machen, wenn du Forderungen stellen willst, sage ich und zeige auf das Telefon, ich kann das in den ganzen Laden schalten.

Peggy nimmt den Hörer und sagt: Hallo, hier ist die Peggy. Und das sind meine Forderungen: Also, ich will erstmal ganz viel Geld, alles, was im Tresor ist, und …

Sie hält die Sprechmuschel zu.

Hast du einen Führerschein? flüstert sie. Ich nicke, obwohl das nicht stimmt.

… und ein Fluchtauto brauchen wir auch, aber ein blaues. Oder silber, aber lieber blau.

Sonst noch was? fragt sie in die Runde.

Gregor soll zu mir zurückkommen, jault Horst.

Gregor soll zu Horst zurückkommen, gibt Peggy entschieden durch.

Ich hab' Hunger, sage ich, weil Hassan ja nicht da ist.

Wir wollen Mittagessen, befiehlt Peggy, dann überlegt sie einen Moment.

Axel soll sich bei mir entschuldigen, der blöde Arsch, sagt sie in den Hörer.

Nee, doch nicht, korrigiert sie sich und dann ruft sie: Axel, du bist ein Riesen-Arschloch. Ich hab' dich nie geliebt. Nur, dass du es weißt.

Das finde ich toll und bekomme sofort gute Laune. Hoffentlich sind wir nachher im Fluchtwagen alleine. Ich bin ziemlich nervös, weil ich erst zweimal selbst Auto gefahren bin, und es ist beide Male dabei kaputtgegangen.

Horst hat sich auch noch was überlegt. Er will seinen Eltern endlich sagen, dass er schwul ist. Die Polizei soll Horsts Eltern holen, sagt Peggy.

Als sie endlich eingetroffen sind, reagieren sie sehr verständnisvoll und sagen, dass sie ihn trotzdem liebhaben, aber er soll jetzt keine Dummheiten machen.

Meine Schwester ist vorbeigekommen, weil sie uns im Radio gehört hat, und ich beichte, dass sie das geliehene Geld wahrscheinlich doch nicht zurückkriegt. Aber meine Schwester meint nur, das hätte sie von Anfang an gewusst, ich soll Peggy schön grüßen, und Axel ist echt ein blöder Arsch.

Das ist ein guter Zeitpunkt für solche Sachen, findet Peggy. Jetzt müssen euch alle mal zuhören, weil ich euch vielleicht ja nachher erschießen muss, wenn's dumm läuft.

Erschossen werden kommt ja gar nicht in Frage, denke ich.

Achtung, ich bin bewaffnet, rufe ich deswegen in den Telefonhörer und dann: Erfüllen Sie unsere Forderungen, oder ich schieß' den Horst tot.

Jetzt sind wir Komplizen, sage ich zu Peggy, und du kannst mich nicht einfach so erschießen. Und zu Horst sage ich: Nix für ungut, Horst.

Peggy und ich gucken uns erst gegenseitig und dann gemeinsam Horst an. Der will aber auch nicht als einziger erschossen werden, und brüllt in die Sprechmuschel: Wenn nicht in fünf Minuten der Villinger mit dem Geld auf der Matte steht, dann müssen die drei Kunden dran glauben, die wir als Geiseln genommen haben.

Triumphierend zwinkert Horst uns zu. Wenn's brenzlig wird, ist der Horst immer ganz vorn dabei, das muss man ihm lassen.

Natürlich kann man sagen, dass wir ein bisschen übertrieben haben, da oben im Überwachungsraum. Irmchen findet das und Hassan auch. Es hat ja auch nicht so recht geklappt, schon als das Mittagessen kam, hat die Polizei uns erschossen, aber es war mehr ein Unfall.

Wir sind schon selten dämlich, sagt Hassan und hat ja recht: Da hätten wir auch selbst drauf kommen können, dass die in so einem Moment keine echten Kellner schicken. Erst flogen die Rauchbomben, da hat Peggy sofort ein paar Mal in den Nebel geschossen, und dann war's auch schon fast vorbei.

Horst und Peggy waren sofort tot, ich bin noch ein bisschen doof rumgestolpert und einem Polizisten in die Arme gefallen, der hat sich noch mehr erschreckt als ich, glaub' ich. Die hatten ja sonst was erwartet, und das Fernsehen war auch da, und dann waren das nur wir, mit einer Pistole.

Wenigstens haben die Polizisten Horst und mir danach auch noch Waffen in die Hand gedrückt und der Presse was von finalem Rettungsschuss erzählt. Das wär' auch sonst zu peinlich gewesen, für alle Beteiligten.

Hassan und Irmchen haben mittlerweile einen VHS-Kurs in Nekromantie belegt, damit wir uns unterhalten können. Horst war erst skeptisch und hat gesagt, er glaubt nicht an so einen Scheiß, aber mittlerweile verrückt er sogar die Tische in seiner Lieblingskneipe. Dann gibt es Lokalrunde, und Gregor muss bezahlen. Wenn er dann betrunken ist, erzählt Gregor, dass Horst eigentlich doch seine große Liebe gewesen ist und wie männlich er war, Horst muss dann immer kichern und geht danach bei Gregor ein bisschen spuken.

Irmchen sagt, meine Schwester erzählt ihren Kindern, der tote Onkel kommt sie holen, wenn sie weiter rumnerven, und im Friseursalon haben sie ein Riesenbild von Peggy aufgehängt, machen einen auf wild und kassieren das Doppelte. Deswegen sagt Peggy auch: Für das erste Mal war's nicht schlecht.

Panama

»Wenn man einen Freund wie dich hat, kleiner Bär«, sagt der kleine Tiger, »dann braucht man echt keine Feinde mehr.«

»Halt die Schnauze, und nimm endlich diese Scheißholzente aus meinem Gesicht«, sagt der kleine Bär.

Der kleine Bär ist gerade nicht so gut auf den kleinen Tiger zu sprechen, und umgekehrt auch nicht. Das liegt aber an den Schweinen.

Sie hatten aber auch Pech gehabt. Da waren sie nachts in einen Lastwagen gekrochen, weil sie ja dringend nach Panama wollten; und dann waren sie in einem Viehtransporter gelandet. Da hätte man sagen können, das riecht man doch vorher, dass hier vierzig Schweine eingepfercht sind, aber ihr wisst ja nicht, wie zwei ungewaschene Raubtiere stinken können, die seit vier Wochen auf der Flucht sind, das überdeckt so einiges. Und so waren sie halt zu den Schweinen gekrochen.

Das gab schon ein großes Hallo bei den Schweinen, aber der kleine Tiger hat schnell gesagt, sie würden nur mitfahren wollen, und die Schweine sollen sich bitte keine Sorgen machen. Aber irgendwann hat der kleine Bär doch Hunger gekriegt, und auf einen Bären mit Hunger kannst du noch so lange einreden, das bringt gar nichts, besonders wenn du ein Schwein bist.

Irgendwann hat der Bär halt das erste Schwein gegessen, weil es hat ihm auf den Fuß geschissen, hat er gesagt, aber die Schweine haben gleich gewusst, dass der einfach nur Hunger hat. Und wie der kleine Bär schon sein drittes Schwein geknabbert hat, hat dem kleinen Tiger auch der Magen geknurrt, und die Schweine waren eh schon angebrochen. Also was soll's? hat er sich gedacht und trotzdem gewusst, dass sie aus der Nummer nur schwer wieder sauber rauskommen würden. Irgendwann hat der Laster nämlich gehalten, und der Fahrer ist ausgestiegen, um die Schweine zu tränken, wegen Tierschutz. Und die Sauerei, die er da gesehen hat, Junge, Junge, die hat ihn ganz schön durcheinander gebracht.

Aber das müsst ihr verstehen, da sitzt du vierzehn Stunden auf dem Bock, trinkst jede Stunde eine dicke Kanne Kaffee mit ein bisschen Schnaps drin und tust dir zum Wachbleiben dann noch so Tabletten rein, die der Doktor deinem Sohn gegeben hat, weil der so schlecht in der Schule ist, und dann steigst du aus, willst pinkeln und die Schweine tränken, und dann sitzen da hinten in deinem LKW zwei blutverschmierte Janoschfiguren auf einem Haufen Schweinekadaver. Das sind dann so Momente.

Der Fahrer, der Walter hieß, hat seine Pistole, die auch Walther hieß, aus dem Handschuhfach gerissen, ist hinten rein und hat wild um sich geschossen. Total außer sich. Nicht so aus Gewalttätigkeit, weil der Walter war ja auch dem Tierschutz verpflichtet, wie man bei der Sache mit dem Tränken gesehen hat, sondern mehr aus Hilflosigkeit, wie das bei Gewalt ja oft so ist. Der Tiger natürlich – zack! – raus aus dem Wagen, die Tigerente gegriffen und ab dafür, so sind sie halt, die Katzen, immer auf der Hut und neun Leben.

Der kleine Bär, mit den ganzen Schweinen im Bauch, war natürlich nicht so schnell, aber immer noch schneller als der Walter, aber der hat gar nicht hingeguckt, auf was er alles geschossen hat. Die restlichen Schweine sind noch dabei draufgegangen und eine Familie aus Bottrop, die fuhr mit dem PKW vorbei, den kleinen Bären hat er aber nur am Ohr erwischt. Trotzdem eine schöne Bescherung, weil so ein Ohr blutet auch ganz schön.

Für den Walter hatte die Geschichte noch ein übles Nachspiel, weil ihr müsst nicht denken, dass die Polizei ihm die Geschichte mit den Janoschfiguren geglaubt hätte. Für den Walter war Schluss mit lustig, hier auf dem Rastplatz in Remscheid.

Und das sind dann so Geschichten, wo man sich fragt, wie kommt eigentlich das Böse in die Welt, und was will es dort. Weil, ihr müsst auch den kleinen Bären verstehen. Wenn man als Raubtier Hunger hat, da muss man den Instinkten folgen und weiß nicht warum, und wenn man, wie der Walter, kurz mal mit der Realität überfordert ist, tut man schon komische Dinge und weiß nicht, warum. Das ist schon eine knifflige Sache, die Frage, wer jetzt Schuld hat.

Aber der Bär hat nur mit den Schultern gezuckt, sein Ohr verbunden und gesagt: »Tiger, so ist die Welt. Auf der einen Seite werden Schweinehäppchen gereicht und auf der anderen Seite wird scharf geschossen, und du weißt nie, auf welcher Seite du gleich stehen wirst.«

Und deswegen hat der kleine Bär vielleicht auch Recht, überlegt der kleine Tiger, wenn er die Schweine frisst, wie sie kommen.

Und der kleine Bär sagt: »Alter, du sagst es.«

Und sie geben sich High-Five und versöhnen sich wieder.

Seit ich Tier bin

Seit ich Tier bin, sitze ich fast nur noch am Schreibtisch und fülle Formulare aus. Heute muss ich die Anträge auf Verlängerung des Winterschlafs fertigmachen. Einen für das Umweltamt und einen für die Forstbehörde. Aber ich soll froh sein, sagen die anderen Tiere, früher musste man sogar eine Gewissensprüfung ablegen. Da saßen dann vier Jäger in Uniform und haben gefragt, ob man auch weiterschlafen würde, wenn eine Wildschweinrotte in die Höhle einmarschiert und das Weibchen vergewaltigt und solche Sachen. Die Bären sind ja deswegen ausgewandert, damals.

Bei »Grund der Verlängerung« müsste ich jetzt eigentlich »überschüssige Fettreserven« ankreuzen, aber dann kommen sie jede Woche messen, und da hätte ich ja gleich zu den Weight Watchers gehen können, also nehme ich lieber »allgemeine Witterung« als Grund und habe bis achtzehn Grad Außentemperatur meine Ruhe.

Eigentlich hatte ich mich bei den Behörden als »Breitschwänziger Tausendsassa« anmelden wollen, aber das ging nicht, weil man sich mit Foto bewerben musste, deswegen haben wir uns schließlich auf »Langhaariger Riesenolm« geeinigt. Das steht jetzt auch auf der Bestimmungskarte, die unten an der Haustür angebracht ist, falls jemand gucken kommen will. Auf Latein heiße ich »Proteidus Barteleïs«, weil ich das einzige Tier bin, dass sich selbst entdeckt hat. Ich gehöre zur Familie der Schwanzlurche und konnte meinen kompletten Freundeskreis behalten. Ich habe jetzt ein paar neue

Verwandte in Südamerika, die aber kein Visum bekommen, weil sie sich hier benehmen würden wie die Wollhandkrabben. Wenn sie einmal da sind, wird man sie nie wieder los. Na, Verwandte eben.

Ich bin offiziell als »halbwegs gefährdet« eingestuft worden, auf den Menschen übertragen ist das so etwa zwischen Hartz IV und Pflegestufe drei. Ich habe einen eigenen Wildhüter, der auf einem Hochsitz neben meinen Bett wohnt und aufpasst, dass meine Mitbewohner nicht unangeleint in der Wohnung herumstrolchen. Einmal in der Woche kommen die Mädchen vom Tierschutzbund und füllen den Kühlschrank auf, aber nur im Winter. Sonst soll ich artgerecht einkaufen gehen, sagen sie, also unten im Büdchen. Ich kann aber nicht mehr hin, denn seit Jussuf rausgefunden hat, dass ich getrocknet und zerrieben in Asien als Potenzmittel gelte, will er mich wildern und hat Fallen vor der Tür aufgestellt. Aber die sind nicht gefährlich, weil jeder weiß, dass dort eigentlich kein frischgezapftes Pils wächst. Sogar die Mitbewohner haben das mittlerweile eingesehen. Ich gehe trotzdem nur noch mit meinem Wildhüter einkaufen, obwohl Jussuf sagt, dass er sogar halbe-halbe mit mir machen würde. Außerdem soll ich rausfinden, ob ich irgendwie Moschus machen kann.

Insgesamt gefällt es mir ganz gut als Tier, wenn nur diese Tierfilmer nicht wären. Aber man muss halt Geld verdienen, und Tierfilme gucken alle gern. Heute ist das ZDF da. Sie haben im Morgengrauen ihr Equipment direkt neben meinem Bett aufgebaut, das ist eigentlich verboten, aber die Filmleute haben meinen Wildhüter geschmiert. Ich soll mich ganz natürlich verhalten, sagen sie, also bleibe ich liegen. Weil das Zimmer aber taghell ausgeleuchtet ist, kann ich nicht schlafen, außerdem quatscht der Kommentator immer rein.

»Schon seit Stunden liegt dieser kapitale Bursche hier auf der Lauer«, behauptet er, »sein primitiver Organismus ist perfekt an die klimatischen Bedingungen zwischen den Laken angepasst.«

Geht das schon wieder los, denke ich und ziehe mir die Decke über den Kopf.

»Mit seinem prächtigen Federbett versucht das stets paarungsbereite Tier, ein Weibchen anzulocken«, glaubt der Sprecher und wird ganz aufgeregt. »Schnell, die Attrappe«, zischelt er seiner Crew zu, und sie halten mir ein aufgeklapptes Pornoheft hin. Der Sprecher piekst mich mit einem Stock, aber ich stelle mich für eine Weile tot.

»Das ist jetzt nicht euer Ernst«, sage ich schließlich, stehe auf und will frühstücken gehen. Leider haben sich die Tierschutz-Mädchen heute etwas Besonderes für mich ausgedacht. Sie wollen nämlich, dass ich mich ein bisschen anstrenge, wenn ich was essen will. Das wäre in freier Wildbahn auch so, sagen sie. Deswegen hängen sie mein Fresskörbchen gern an den Kronleuchter, und ich muss die Trittleiter aus dem Keller holen, wenn ich Hunger kriege. Überhaupt sind sie ganz begeistert, wenn ich einfache Werkzeuge wie zum Beispiel einen Laptop benutze.

Ich versuche, mit einem Spazierstock das Käsebrötchen aus dem Korb zu angeln, aber es klappt nicht, und der Sprecher erklärt, dass Rabenvögel viel geschickter und klüger sind als ich. Die Mädchen widersprechen und sagen, ich wäre in der langen Gefangenschaft bloß faul geworden. Sie planen schon seit langem, mich zu betäuben und im Wald auszusetzen, aber da mache ich nicht mit.

Demonstrativ setze ich mich auf das Sofa und lese Nietzsche, bis der Kameramann meint, das ginge so nicht, in seinem Drehplan stehe nämlich die Szene »Der putzige Geselle tollt ausgelassen herum«.

Nietzsche schreibt übrigens, dass wir alle wahnwitzige Tiere sind und in der Fauna bloß dadurch auffallen, dass wir unseren gesunden Tierverstand verloren haben, aber das nur nebenbei.

Eine Kosmetikfirma ruft an und fragt, ob ich für sie arbeiten will. Ich soll mir Nagellack in die Augen schmieren und sagen, ob es weh tut. Aber ich lehne ab, weil ich schon einen Job habe. Ich fange nächste Woche in der Krebsforschung an.

Ich beschließe, ein Bad zu nehmen. Die Crew hat es sich unter dem Spülbecken gemütlich gemacht, wo sie ein Tarnzelt aus Kacheln errichtet hat. Aber sie fallen trotzdem auf, weil die Kacheln ja jetzt an den Wänden fehlen.

»Bis auf Augen und Nasenlöcher ist das gewaltige Tier ganz im seichten Wasser untergetaucht«, diktiert der Sprecher kurze Zeit später in sein Mikrophon. »Geduldig harrt es dort seiner Beute, denn diese urzeitlichen Geschöpfe können bis zu dreißig Minuten ohne Nahrung auskommen.«

Er schubst seinen Praktikanten Richtung Badewanne und erklärt, dass sich ein unvorsichtiges Jungtier der Tränke genähert habe.

Ich tue ich den Jungs den Gefallen, packe den Praktikanten am Bein und ziehe ihn blitzschnell unter Wasser. Er schreit und zappelt, aber die Crew freut sich, weil sie für spektakuläre Aufnahmen einen Bonus bekommt. Außerdem gibt es ja genug junge Leute, die was mit Medien machen wollen.

In diesem Moment betritt meine Freundin das Badezimmer und will wissen, was der junge Mann da mit mir in der Badewanne treibt und warum eine Kamera dabei ist.

»Es ist nur ein Film« sage ich beschwichtigend. »Außerdem wird es gut bezahlt.«

Hermann Göring sitzt an meinem Bett

Hermann Göring sitzt an meinem Bett und lächelt. Fett, glänzend und blau fluoreszierend, aber doch so real, dass ich ihn anfassen könnte. Aber das tue ich nicht, das ist ja widerlich. Er sieht aus wie ein toter Fisch mit Orden.

Göring hat die Fernbedienung genommen und schaltet um auf VIVA. Das schaut er besonders gern. Sowieso schaut er lieber Privatfernsehen, im Öffentlich-Rechtlichen bringen sie ihm zuviel über das Dritte Reich.

»Hitler, Hitler, immer dieser Hitler«, zischt er dann und fängt an, grünlich zu leuchten vor Neid. Seit einem Monat sitzt der Nazi jetzt an meinem Bett, immer wenn ich einschlafen will. Ich habe mich schon ein bisschen an ihn gewöhnt, will ihn aber immer noch loswerden, damit ich endlich wieder schlafen kann und nicht die ganze Nacht VIVA gucken muss. Aber es hätte schlimmer kommen können, Himmler zum Beispiel oder Julius Streicher. Göring nämlich ist für einen Nazi verhältnismäßig charmant, aber das haben seine Ankläger in Nürnberg auch schon gesagt. Dort soll er ununterbrochen Witze erzählt haben, bis er sich endlich umgebracht hat. Trotzdem möchte ich keinen fetten, toten Nazibonzen am Bett sitzen haben. Schon aus Prinzip nicht.

Aber Göring geht nicht weg. Ich kann ihn beleidigen und beschimpfen, und wenn ich ihn als Massenmörder bezeichne, dann rutscht er einfach ans Fußende meines Bettes, schaut mich den ganzen Abend nicht mehr an und packt seine kleine Nagelfeile aus. Damit feilt er sich dann stundenlang die Nägel und schmollt. Dann kann ich erst recht nicht einschlafen, wegen der Feilgeräusche.

Gestern Nacht hatte Göring keine Hose an. Er saß einfach da in seiner Uniformjacke, mit dicken, weißen Schenkeln und wässrigen Altmännerfüßen in Pumps. Und hat mich ununterbrochen angelächelt. Heute hat er wieder seine Hose an, ich glaube, er will es sich nicht mit mir verderben. Dabei mag ich ihn wirklich nicht. Vielleicht bekommt er den Fernseher aber auch nicht alleine an.

Göring mag es nicht, wenn man ihn auf seine Verbrechen anspricht. Er rechtfertigt sich nicht, weil er ja tot ist, aber er hat es nicht gern, wenn man davon spricht. Wenn ich nicht aufhöre, setzt er sich auf den Schrank und singt das Horst-Wessel-Lied. Er ist nicht sehr musikalisch, aber laut. Andere Lieder kennt er nicht.

Weil ich dachte, der Reichsmarschall verschwindet dann, habe ich mir vor einer Woche einen gelben Stern auf meinen gestreiften Pyjama genäht. Das war eine ziemlich leichtfertige Entscheidung, und es ist mir peinlich, davon zu erzählen, aber ich hatte vier Nächte nicht mehr geschlafen und war dementsprechend durcheinander. Außerdem habe ich einmal im Fernsehen gesehen, dass sich aufgebrachte Hundehalter desselben Sterns bedienten, um gegen die Diskriminierung ihrer beißwütigen Köter zu protestieren, und immerhin leide ich ja – entgegen den Hundebesitzern

– wirklich unter Naziverfolgung, wenn auch auf vollkommen lächerliche Art.

Als er den Stern sah, war er ziemlich aufgebracht und ist die ganze Nacht im Stechschritt um mein Bett paradiert. Verschwunden ist er davon aber nicht. Am nächsten Morgen haben sich die Nachbarn beschwert, und mir ist herausgerutscht – weil ich doch wieder nicht geschlafen und furchtbare Kopfschmerzen hatte –, dass Hermann Göring die ganze Nacht um mein Bett marschiert sei. Seitdem halten sie mich für einen geisteskranken und perversen Nazi und meiden mich. Genau wie meine Freundin, die in jenem Moment meine Exfreundin wurde, als sie den selbstgebastelten Stern auf dem Schlafanzug sah, den sie gerade anziehen wollte.

Keine fünf Minuten später saß Göring am Fußende und lächelte mich an. Jetzt habe ich Knoblauch aufgehängt und jeweils ein Bild von Churchill, Roosevelt, Stalin und dem Papst sowie ein Kruzifix, eine rote Fahne und einen siebenarmigen Leuchter hingestellt. Um mein Bett habe ich einen Kreis gezogen, mit einem Pentagramm darin, schließlich soll Göring abergläubisch gewesen sein. Außerdem habe ich alle Wertsachen weggeschlossen, weil er ja auch furchtbar geklaut hat neben all dem anderen. Aber er tut so, als habe er nichts bemerkt, sitzt immer noch auf der Bettkante, guckt weiter VIVA und wackelt mit seinen Epauletten, wenn ihm ein Video gefällt. Wenn *Rammstein* kommen, muss Göring manchmal heulen vor Rührung. Jetzt schaltet er um auf MTV. Ich nehme ihm die Fernbedienung ab und suche die Nachrichten. Göring ist beleidigt und holt sofort die Nagelfeile raus.

Heute Mittag habe Altbundeskanzler Kohl den Bundestagspräsidenten Wolfgang Thierse mit Göring verglichen, sagt die Sprecherin. Ich schaue ihn an, um zu sehen, wie er wohl reagiert. Göring wird erst grün, verfärbt sich dann gelblich, wird schwächer und verschwindet ganz. Ich glaube, Thierse hat ihn jetzt.

Wie es kam, dass der Andi den Hammelsprung in diesem Jahr hat selber machen müssen

Der Hammelsprung ist schon eine wichtige Tradition bei uns. Seit über vierhundert Jahren. Da hört man doch nicht einfach auf, nur wegen Tierschutz. Und wo du schon sagst: Tierschutz. Unten stehen doch Burschen mit einem Sprungtuch und fangen den Hammel auf, meistens jedenfalls. Es ist halt dunkel, weil es vom Brauch her immer in der Nacht gemacht werden muss, und die Burschen können nicht gut nüchtern bleiben, wenn sie schon mal zusammenhocken. Da geht eben manchmal was daneben. Aber den Fidibus, den haben sie noch immer aufgefangen. Quasi Ehrensache. Der Fidibus ist vom Pöltner der Hammel, und du kennst den alten Pöltner schlecht, wenn du glaubst, der würde seinen besten Hammel rausrücken, damit er ihn später vom Pflaster kratzen kann. Und wenn es wirklich Sünde wäre, hätte uns der Pfarrer erlaubt, mit dem Fidibus auf den Kirchturm zu klettern? Erst recht hätte er nicht.

Da gibt es außerdem noch ganz andere Sachen. Hahnschlagen zum Beispiel, wo du im Prinzip nur einen Hahn und zwei Jungbauern mit verbundenen Augen und Dreschflegeln brauchst. Oder Stierkampf in Spanien, da sagt auch keiner was, obwohl der Stier überhaupt keine Chance hat. Der Fidibus war doch schon zweimal vom Kirchturm gesprungen, und nix ist passiert, gelahmt hat er ja schon vorher.

Kompliziert ist es erst geworden, wie die Weiber sich eingemischt haben. Also, eigentlich nur die Susi, weil die am besten ausgesehen hat. Das hat auch der Andi sofort gemerkt, und wir sind gleich hin zur Susi, wo sie noch ganz neu im Ort gewesen ist. Das war beim Weinfest, also gut zwei Monate vor dem Hammelsprung.

Und der Andi konnte reden, was glaubst du. Der hätte richtig was werden können, der Andi, klug wie der gewesen ist. Er ist aber doch im Ort geblieben, weil er gemeint hat, hier kennt er jeden und kann sich auf die Leute verlassen, das ist ihm wichtiger. Außerdem die Familie. Die hat der Andi ja früh gehabt, weil die Roswitha damals nicht hat aufpassen können, und da hat er sie heiraten müssen. Praktisch ist es auch wegen der Landwirtschaft gewesen, weil man die Höfe zusammenlegen konnte. Das hatten die Väter so abgemacht, und da gehst du erst recht nicht weg.

Jedenfalls stand die Susi aufmals im Festzelt, wie die Tanzerei richtig losgegangen ist, und alle haben bloß geglotzt, weil sie eine von den Zugezogenen gewesen ist. Aber bloß ich habe sie schon gekannt. Was glaubst denn du, wer die alte Mühle renoviert hat, die sie gekauft haben? Der Bichler und ich nämlich. Wie sie dann eingezogen sind, hab' ich schon mit der Susi reden können. Ob ich was trinken will, hat sie gefragt, und ich habe »Bier« gesagt und sie dann wieder, dass sie nur Wasser hat. Das wollte ich aber nicht, und dann sind wir ein bisschen stumm nebeneinander gestanden, weil mir nichts mehr zum Reden eingefallen ist. Die Susi hat ihre Börse aus der Tasche geholt und mir ein Trinkgeld gegeben, das ich ablehnen wollte, aber da kamen schon ihre Freunde, und ich habe es doch genommen, weil mir wieder nichts Rechtes eingefallen ist.

Ganz anders der Andi. Dem ist immer was eingefallen, deswegen ist er auch immer noch Chef vom Junggesellenverein gewesen, obwohl seit vier Jahren verheiratet.

Der Andi ist im Festzelt schnurstracks auf die Susi zu und hat gefragt, ob sie mal sehen will, wie auf dem Land gefeiert wird. Die Susi hat gelacht und dann »Ja« gesagt, wobei man aber nicht hat merken können, ob sie sich jetzt lustig macht oder den Andi wirklich gut findet. Da war auch ein Blick gewesen, den man nicht gut hat aushalten können. Dem Andi hat das aber nichts gemacht, er hat die Susi an der Hand genommen und zur Musik herumgewirbelt, obwohl die Susi gesagt hat, dass sie auf so was normalerweise nicht tanzt.

Es haben dann aber doch alle getanzt, der Andi, die Susi und ihre Städterfreunde, der Ebermaier und sogar der Bichler, der ist aber schnell umgekippt und hat weggetragen werden müssen wie jedes Jahr. Da hast du denken mögen, es ist Freundschaft, wie sich alle zugeprostet haben, und irgendwann ist die Susi zu mir hin und hat gefragt, ob ich nicht auch tanzen mag. Aber bevor mir was Gescheites hat einfallen können, hatte der Andi sie schon wieder am Arm gezogen, und dann war das die letzte Nummer gewesen, wegen der Lautstärke.

Danach hast du den Andi eher bei der Mühle treffen können als auf seinem Hof. Das kann ich genau sagen, weil ich auch da gewesen bin. Die Renovierung hat ja nicht fertig werden wollen, teils wegen dem Bichler seiner Sauferei, teils auch wegen der Susi. Ich habe nämlich nicht gut arbeiten können, wenn sie in der Nähe war, und das ist die Ausnahme bei mir, da kannst du jeden fragen. Ich habe also die Wand gemacht – man hat ganz neue Lehmstaken ins Gefach setzen müssen –, und die Susi hat auf einer Decke gesessen und zugeschaut. Oder auch erzählt von sich, warum sie weg ist aus der Stadt und wie man gute Übersetzungen macht. Das ist nämlich ihr Beruf gewesen: Übersetzerin. Die Susi hat auch gesagt, dass sie gleich gemerkt hat, dass ich gut bin im Zuhören, aber jetzt soll ich mal was von mir erzählen.

»Was denn?«, habe ich gefragt.

»Na eben, was du so machst«, hat sie gesagt, und dann habe ich angefangen, vom Fachwerk zu reden. Aber wie ich gemerkt habe, dass ich schon seit einer Stunde nur über Rähm, Riegel und Pfette geredet habe, bin ich mir blöd vorgekommen, weil das hat sie wahrscheinlich gar nicht interessiert als Frau.

Gegen Abend ist dann immer der Andi gekommen, mit einer Flasche Wein oder selbstgemachter Wurst von seiner Roswitha, und vom Blick her hab' ich gleich gesehen, dass er wollte, dass ich gehe. Und obwohl die Susi gesagt hat: »Bleib doch ruhig noch was!«, bin ich gegangen, weil gegen den Andi und sein schnelles Mundwerk hat niemand bestehen können. Der Andi hätte einer Frau bestimmt nicht vom Fachwerk dahergeredet.

Und so war der Andi am Abend da und ich tagsüber, da hat jeder was gehabt von der Susi, und es war eine Ruhe. Erst wie der Andi dann vom Hammelsprung hat erzählen müssen, ist es nicht mehr gut gewesen zwischen uns.

Die Susi hat gleich gemeint, man kann keinen lebenden Hammel vom Kirchturm werfen, nicht mal, wenn man versucht, ihn unten aufzufangen. Es ist barbarisch, hat sie gesagt, und die Susi hatte feste Ansichten. Ich hab' nix gesagt, weil ich nicht mehr gewusst habe, wie es richtig ist. Der Hammelsprung ist doch mein Lieblingsfest gewesen, man ist mit den Jungs rumgezogen und hat Sachen angestellt, wie früher eben, als der Andi noch nicht der Großbauer und der Bichler noch kein Saufkopf war. Es hat diesen Abend immer gebraucht, um uns daran zu erinnern, dass wir doch Freunde sind. Aber die Augen von der Susi habe ich nicht vergessen können, wie entsetzt sie gewesen ist, als sie das mit dem Hammel erfahren hat, und ich hab nicht gewollt, dass sie so von mir denkt. Andererseits ist das Fest schon das berühmteste, was wir im Ort haben, weil es eben sonst keiner macht. Egal, wo du hingefahren bist, jeder hat gleich gewusst: Wir sind die mit dem Hammel. Bleibt ja nicht mehr viel übrig von uns, wenn das aufhört.

Wie dann der Tag vom Hammelsprung gekommen ist, habe ich sofort gewusst, dass ich mich entscheiden muss. Die Susi hat gesagt, sie kennt mich nicht mehr, wenn ich das mache, aber der Andi hat gemeint, wenn ich es nicht mache, ist er nicht mehr mein Freund. Und Weiber gibt es viele, hat der Andi auch gesagt.

Deswegen bin ich mit auf den Turm gestiegen, den Fidibus zwischen uns, und gewehrt hat der sich, obwohl er doch gefesselt war.

»Wer sind wir denn, dass wir uns von Fremden was vorschreiben lassen?«, hat der Andi ständig gebrüllt, als wir das Vieh die schmale Stiege zum Glockenstuhl hinaufgeschleppt haben. Vom Turmkranz aus hat man den Bichler schon grölen hören, er ist unten am Sprungtuch gewesen und hat kaum noch stehen können. Da habe ich gleich gewusst, dass der Fidibus für diesmal schlechte Karten hat.

»Ich mache ihn los, und du hältst ihn fest«, hat der Andi gesagt. Dann sollte einer die Vorderläufe nehmen, der andere die Hinterläufe, wir hätten den Fidibus über die Brüstung gehoben, bis drei gezählt und geworfen, obwohl es ja eigentlich Hammelsprung heißt.

Wie ich dem Hammel aber den Kopf hochgebogen habe, damit der Andi unten die Stricke durchschneiden kann, hat der Fidibus mich mit seinen Bernsteinaugen angeschaut, und es war wieder ein Blick gewesen, den ich nicht gut habe aushalten können, weil ich wieder an die Susi habe denken müssen, und dabei muss ich versehentlich losgelassen haben. Jedenfalls ist der Hammel wie die gesengte Sau losgeflitzt, haarscharf am Andi vorbei, um den Turmkranz herum, und wie die Runde fast voll war, ist der Andi schon wieder im Weg gestanden. Weil aber der Fidibus ein ziemlich stattlicher Bündner-Oberländer ist, mit schön geschwungenen Hörnern und kräftigem Nacken, hatte der Andi dem Stoß wenig entgegenzusetzen und hat selber den Hammelsprung machen müssen. Und wenn der Bichler unten nicht so sternhagelvoll gewesen wäre, hätte es dort auch ein gutes Ende mit dem Andi genommen. Sagt die Susi.

Wenn gar nichts mehr geht

Wenn gar nichts mehr geht, hat man ja immer noch seine Träume. Aber das sagt sich so leicht. Blöd ist nur, wenn man in diesen seinen Träumen von einem Axtmörder gejagt wird, der aussieht wie ein Mädchen, das man früher mal super fand.

Es ist immer dasselbe Szenario, ein bisschen erinnert es an den Film »Shining«, nur dass statt Jack Nicholson Katja die Axt bedient, und ich spiele den Rest, aber da bleibt ja nur das Opfer. Ich renne durch den Schnee, durch diese Zimmerfluchten oder durch eine menschenleere Landschaft, die ich für Albanien halte, manchmal aber auch durch das Haus meiner Eltern, und Katja immer mit der Axt hinterher. Ab und zu machen wir Pause und trinken einen Tee zusammen. Dann versuche ich ihr das Morden auszureden, aber Katja sagt am Ende immer: »Mir fällt halt nichts anderes ein.«

Wir sitzen also in der Küche meiner Eltern, trinken Tee, teilen uns eine Zigarette, weil jedes Mal nur diese eine in der Schachtel ist, und quatschen ein bisschen. Erst über das Wetter, dann lästern wir über gemeinsame Bekannte, und schließlich frage ich sie, was sie jetzt so macht, und sie sagt: »Ich renne dir mit der Axt hinterher, weißt du doch«, und ich frage, ob sie schon viele Leute umgebracht hat, und Katja sagt »Nee, du läufst ja immer weg.«

Aber sie freut sich schon drauf, die ewige Rennerei geht ihr ja auch auf die Nerven. Ich sage jedes Mal: »Dann lass uns doch was anderes träumen«, und Katja überlegt auch wirklich lange, aber sagt schließlich traurig: »Mir fällt halt nichts anderes ein.« Dann zieht jeder noch mal an der Zigarette und wenn ich den letzten Zug getan habe, drücke ich die Kippe aus, springe auf und renne los. Katja zählt bis zehn, ruft dann »Ich komme«, und weiter geht die Jagd. Irgendwann sitze ich in diesem Zimmer ohne Ausgang fest, die Axt splittert durch die Tür, Katja ist ganz verschwitzt, hat diese wilden Augen und geifert, sie kommt auf mich zu und hebt die Axt zum Schlag.

Wahrscheinlich würde ich sterben, wenn Katja mich endlich mit der Axt erschlüge, aber das tut sie nicht, stattdessen passiert etwas wesentlich Seltsameres. Katja hebt die Axt, aber bevor sie mir den Schädel spalten kann, verwandelt sie sich. Ihr Körper und ihre Gesichtszüge verändern sich, und schließlich schaue ich in mein eigenes Gesicht, während ich mich selbst in Katja verwandelt habe. Wenn die Transformation schließlich abgeschlossen ist, gebe ich ihr die Axt und renne wieder weg, bis ich abermals in diesem Zimmer ohne Ausgang lande.

Ich jage mich seit dreieinhalb Jahren selbst mit der Axt in der Hand durch mein Unterbewusstsein und kann als Begründung nur diesen einen faden Satz vorbringen: »Mir fällt halt nichts anderes ein«. Das ist eine Tatsache, die mich sehr belastet.

Ich habe schon versucht, der Transformation zu widerstehen oder wenigstens die Axt zu behalten, damit ich mal Katja durch mein Unterbewusstsein jagen kann. Das wäre eine willkommene Abwechslung, aber es gelingt mir nicht.

Immerhin mache in letzter Zeit ein paar Fortschritte. Manchmal schaffe ich es, den Traum anzuhalten, wenn wir in der Küche sitzen. Ich sage dann zu Katja: »Ich muss mal aufs Klo.« – »Okay«, sagt sie, »aber dann rauche ich die Zigarette alleine.«

Ich setze mich aufs Klo und versuche mich zu konzentrieren. Oft kann ich mein Krankenhauszimmer sehen, von oben. Ich sehe mich mit Schläuchen in der Nase im Bett liegen, und neben mir piept gleichmäßig diese Maschine, die man aus Krankenhausserien kennt. Bisweilen sitzt meine Mutter an meinem Bett oder jemand, den ich nicht kenne oder schon vergessen habe. Meist ist niemand da, aber das soll kein Vorwurf sein. Manchmal lande ich statt im Krankenhaus mitten auf dem Meer, um mich herum ist nur Wasser, und eine Möwe fliegt über meinem Kopf. Aber immer, wenn ich herauszufinden versuche, wie dieser Traum weitergeht, klopft es an der Tür, weil Katja mit Rauchen fertig ist.

»Du musst in letzter Zeit ziemlich häufig aufs Klo«, sagt Katja, und ich nicke. »Egal. Wir haben ja Zeit«, sagt sie, »Aber dann rauch' ich die Zigarette alleine.«

»Kein Problem, Katja«, erwidere ich, weil ich diesmal wirklich dringend aufs Klo muss. In meinem Unterbewusstsein pinkele ich übrigens im Sitzen, hab' ich früher auch nie gemacht. Es dauert dann aber länger, und ich habe mehr Zeit für mich. Ich schließe die Augen und versuche mich aus dem Traum mit Katja herauszudenken, irgendetwas zieht mich heute weg.

Ein Mann steht an meinem Bett, das in die Mitte des Raumes geschoben ist. Auf meiner Brust liegt ein Bergkristall, jetzt legt mir der Mann auch noch Kieselsteine auf die Augen. Er hüpft herum, fängt an zu singen und schlägt auf ein Tamburin. Ich glaube, meine Mutter hat wieder einen dieser komischen Schamanen geholt, damit ich aufwache. Das kommt schon mal vor.

Meine Mutter schwört auf diesen Esoterik-Kram. Das hat sie damals schon getan, als mein Vater die schlimmen Rückenprobleme hatte. Er hatte sich krankschreiben lassen und monatelang jammernd auf dem Sofa gelegen, weil die Ärzte nichts gefunden haben. Aber Rücken ist ja oft psychosomatisch, und das haben die Ärzte dann auch gesagt und meinem Vater geraten, sich zu erholen und Stress zu vermeiden.

Aber, offen gesagt, war da nicht viel zu erholen, denn mein Vater ist ein Mann, der dem Stress schon immer konsequent aus dem Weg gegangen ist. Er war bei der Stadt, hatte ein eigenes Büro und ging mit seinem Abteilungsleiter kegeln. Das tut er immer noch, nur ist er nicht mehr bei der Stadt. Mein Vater war Vertrauensmann, in der Mitarbeitervertretung und im Karnevalsverein. Mein Vater hat jeden Tag viele Hände geschüttelt und Schultern geklopft und regelmäßig den Kaffee für die ganze Abteilung gekauft. Aus einem einzigen Grund: um in Ruhe gelassen zu werden. Er hatte sich eingenebelt in eine Wolke aus Sympathie, hat sich eine Hängematte aus kollegialem Wohlwollen gestrickt und die eintönigen Tage seiner Dienstzeit darin leutselig lächelnd verschaukelt. Er konnte tagelang in seinem Büro sitzen, ohne eine einzige Akte zu bearbeiten, die Tür sperrangelweit offen, die Füße auf dem Tisch, die Hände mit einer jener Schnitzereien beschäftigt, die er an einen Weihnachtsmarkthändler und später bei Ebay als original erzgebirgischen Weihnachtsschmuck verkaufte. Niemand hat ihm das je übel genommen. Das allein ist schon eine respektable Lebensleistung, und ich bin stolz auf meinen Vater, den alle nett fanden, obwohl er auf sehr professionelle Weise nett war, das heißt, zu Hause eher nicht, zu Hause eher kühl und desinteressiert, wir Kinder hatten nichts, was in meines Vaters Währung der Nettigkeit konvertierbar gewesen wäre.

Und dann lag er irgendwann auf dem Sofa im Wohnzimmer und beklagte sich. Über ein Ziehen in der Seite, ein Stechen im Kreuz, ein Drücken über dem Steiß, ein Reißen zwischen den Schulterblättern. Er ging nicht mehr zur Arbeit und schlug bei seinem Arzt, mit dem er Doppelkopf spielte, eine mehrmals verlängerte Krankschreibung heraus.

Zu dieser Zeit fing meine Mutter an, viel mit alternativen Heilmethoden zu experimentieren, um den ächzenden Mann aus ihrem Wohnzimmer zu vertreiben. Darüber hatte es einen Riesenstreit gegeben, und mein Vater hat gebrüllt, dass sie ihm mit diesem Hokuspokus den Buckel runterrutschen könne, außerdem gehe es ihm gut. Es sei ihm nie besser gegangen, hat er geschrien und zum Beweis ein paar alberne Hopser gemacht, aber jetzt wolle er endlich frühpensioniert werden, und sie soll ihm gefälligst nicht dazwischen funken. Dann ist er ausgezogen und hat sich von seiner Pension ein Boot gekauft.

Eine Krankenschwester kommt herein und verzieht das Gesicht, als sie den Typen mit dem Tamburin sieht, aber meine Mutter guckt sie giftig an, und die Krankenschwester entschuldigt sich. Man muss nachsichtig mit Angehörigen sein, auch wenn die spinnen, hat sie in der Ausbildung gelernt. Der Fremde setzt sich jetzt im Lotussitz auf den Tisch und starrt mich lächelnd an, meine Mutter und die Krankenschwester verlassen den Raum.

Ich versuche den Mann genau zu fokussieren, um sein Gesicht zu erkennen. Das ist immer das Schwierigste. Man erkennt nicht gut Gesichter, wenn man träumt, das geht ja den meisten Menschen so. Aber ich strenge mich an, fange an zu schwitzen und grunze vor Anstrengung. Katja fragt, ob alles in Ordnung ist, ich sitze ja immer noch auf dem Klo in meinem Unterbewusstsein.

Der Mann hat mich gesehen, glaube ich. Er starrt mich an. Eigentlich nicht mich – weil ich ja unter mir im Bett liege, mit dem Schlauch in der Nase und dem Piepen neben dem Bett –, aber er starrt die Stelle in der Zimmerecke an, von wo ich ihn beobachte. Er fängt an zu pfeifen. Erst sehe ich ihn nur die Lippen spitzen, aber dann höre ich ihn plötzlich auch. Doch das Pfeifen klingt, als käme es aus meinem Inneren, als dränge es von innen an mein Trommelfell. Erst leise, dann wird es lauter und schließlich knattert es, wie in einer dieser CT-Röhren, in die ich ständig geschoben wurde, bevor ich ins Koma gefallen bin.

Den Rest kann ich nicht erklären. Es war wie eine dieser Transformationen mit Katja, nur realer, physischer. Es tat sehr weh, ich dachte, mein Kopf – von dem ich aber nicht mehr recht wusste, ob es noch mein Kopf oder schon der dieses Mannes war – müsste zerspringen, es tat einen Knall, und dann wurde alles schwarz. Ich habe noch einmal nach Katja geschrien, weil ich plötzlich doch Angst vorm Sterben oder vorm Alleinsein hatte, aber dann wurde es still, und ich habe gedacht: »Gut, dann ist es jetzt wenigstens vorbei.«

Als ich wieder aufwache, bin ich dieser Schamane oder Wunderheiler oder was auch immer. Ich bin der Mann auf dem Tisch. Ich sitze dort im Lotussitz, den ich noch nie konnte, auf dem Krankenhaustisch. So richtig sicher bin ich noch nicht, aber wenn ich dieser Hand, die nicht meine eigene ist, sage, dass sie an diese Nase, die auch nicht meine ist, fassen soll, dann tut sie das umstandslos. Und wenn ich in den fremden Arm kneife, dann tut es *mir* weh.

Ich habe sogar eine Stimme. Ich kann zum Beispiel »Hallo!« rufen und höre mich laut und deutlich, wenn es auch nicht wie meine Stimme klingt. Glaube ich jedenfalls, denn ich habe keine wirklich klare Erinnerung an meine Stimme. Ich hatte halt mal eine, das weiß ich noch.

Die Krankenschwester kommt hereingestürzt. Das ist kein Wunder, ich rufe ja auch seit fünf Minuten »Hallo!«, um einmal alle Tonhöhen und Lautstärken durchzuprobieren. Meine neue Stimme kann ziemlich laut sein, habe ich gerade herausgefunden.

»Meine Seele hat den Körper gewechselt«, sage ich zu meiner Rechtfertigung und weil ich auch mal einen ganzen Satz ausprobieren wollte.

»Ja. Ganz bestimmt hat sie das«, antwortet die Krankenschwester knapp, aber überzeugt wirkt sie nicht.

»Sie können hören, was ich sage?«, frage ich die Schwester begeistert und wedele mit den Händen vor ihrem Gesicht herum. »Und sehen können Sie mich auch?«

»Ja, sicher«, antwortet die Schwester noch knapper.

»Wir unterhalten uns gerade wie zwei ganz normale Menschen?«, frage ich lieber noch mal nach.

»Na ja«, sagt sie, schüttelt den Kopf und guckt auf die grün zuckende Kurve neben dem Bett und räumt die Steine von dem Körper herunter. Dann tröpfelt sie dem Komapatienten eine Lösung in die offenen Augen, die jetzt ziemlich doof an die Decke starren. Sie tröpfelt mir was in die Augen, fällt mir da ein, das bin ja eigentlich ich, das, was da liegt. Zumindest war ich das bis eben noch, aber jetzt stehe ich ja hier, kann mich bewegen, alles fühlen und anfassen. Es wirkt zumindest alles echt.

»Darf ich Sie mal anfassen?«, frage ich möglichst höflich und versuche nett auszusehen.

»Auf keinen Fall«, sagt sie, und ich nicke.

»Das verstehe ich«, sage ich, »Ich werde auch nicht gern von Fremden angefasst, besonders untenrum. Aber echt sind Sie schon, oder?«

Die Krankenschwester guckt entsetzt und eilt zur Tür.

»Fassen Sie hier bloß nichts an«, befiehlt sie noch und rauscht aus dem Zimmer.

Das sagt sie so, die Krankenschwester. Nichts anfassen. Ich will aber Gewißheit.

Also überwinde ich mich und greife nach dem fremden Pimmel, aber nur durch die Hose. Erst ganz vorsichtig, so mit spitzen Fingern, dann knete ich ein bisschen, denke an Katja und bekomme eine Erektion.

Das reicht mir. Mehr Realität braucht niemand, das ist hier ja nicht Matrix IV. Und ich will auch nicht den Architekten kennenlernen, die Krankenschwester hat mir schon gereicht. Ich habe einen neuen Körper, und er funktioniert. Punkt.

Und ich will was essen. Ich habe Hunger, richtigen, magenknurrenden Bärenhunger. Ich hatte seit dreieinhalb Jahren keinen Hunger mehr.

Man muss die Sachen einfach mal so akzeptieren, wie sie sind. Warum meine Seele den Körper gewechselt hat, weiß ich nicht, ist mir aber auch scheißegal. Ich hab' jetzt jahrelang rumgelegen und vor mich hingedacht, mir ist jetzt nicht mehr so nach Grübeln zumute. Alles zu seiner Zeit. Ich will lieber über eine Sommerwiese springen, den Strand entlangrennen, einen Schnee-Engel machen, einen Hang runterkugeln, kopfüber in einen eiskalten See springen, ein Bier trinken und Katja fragen, was diese Axtnummer zu bedeuten hatte. Ob sie irgendwie sauer auf mich ist oder so.

Aber erst mal fasse ich meinen ehemaligen Körper an. Nur so als letzten Test. Wenn ich nicht merke, dass ich mich anfasse, dann bin ich es nicht mehr, hab' ich mir überlegt. Klingt komisch, aber mir fällt nichts Besseres ein.

Ich sehe furchtbar aus. Mein Ex-Körper, muss man ja jetzt sagen, ist vollkommen abgemagert, die Hände sind zu Klauen verkrampft, und die Arme liegen angewinkelt über der Bettdecke, als würde ich Männchen machen. Die Haare kleben stumpf am Kopf, Frisur habe ich auch keine, und die Augen stieren ausdruckslos zur Zimmerdecke. Die Lippen sind weißlich verschorft, und mein Mund steht offen. Ein fetter, gelber Lappen steckt darin. Das ist meine Zunge.

Ich rüttele an meinem Ex-Körper herum, um zu sehen, ob ich was spüren kann. Kann ich aber nicht. Glück gehabt.

»Boah, siehst du Scheiße aus«, denke ich, sage es aber ganz laut, weil ich den Unterschied zwischen reden und denken noch nicht richtig beherrsche. Dann rüttele ich noch mal an meinem Ex-Körper und höre einen spitzen Schrei hinter mir.

Es ist meine Mutter. Sie steht in der Tür und schaut mich, also den Schamanentypen, fassungslos an.

»Er kann dich hören, Herbert«, sagt sie tonlos. »Ich bin sicher, er kann uns alle hören.«

»Und ob er das kann«, sage ich, und dann muss ich furchtbar lachen, weil von allen möglichen Namen »Herbert« nun wirklich der bescheuertste ist, aber das ist nur die halbe Wahrheit. Denn von allen Menschen, die ich kenne, ist meine Mutter die einzige, die an Seelenwanderung glaubt, und ich weiß, es würde sie glücklich machen, wenn ich ihr erzählte, was mir gerade passiert ist, dass es mir gut geht, dass ich wieder richtig lebe und so. Aber ich kann nicht, weil ich es selbst noch gar nicht verstanden habe, weil ich überhaupt vollkommen überfordert bin und weil ich erst einmal alleine sein will.

Deswegen lache ich und kann nicht aufhören. Das entspannt die Situation aber nicht gerade. Meine Mutter fängt an zu weinen und sagt ganz leise, ich soll mich zum Teufel scheren. Mein neues Leben fängt mit einem schlechten Gewissen meiner Mutter gegenüber an. Es gibt Dinge, die ändern sich nie.

Der Herr der Nachtschatten

Gemüsehändler werden gemeinhin unterschätzt. Jeder glaubt, sie zu kennen, jeder glaubt, ihr Handwerk zu verstehen. Kleine rundliche Männlein mit Kinnbart und Häkelmützchen sind sie angeblich. Im Sommer stehen sie vor ihrem Laden und streicheln Wassermelonen, im Winter hocken sie mit vor dem Bauch gefalteten Händen hinter der Kasse oder schichten weiße Rüben zu kunstvollen Pyramiden auf, die von Kindern umgeworfen werden können. Aber Gemüsehändler sind mehr als das. Viel mehr. Sie sind Unholde oder Heilige, Erbauer oder Zerstörer, manchmal sogar beides gleichzeitig. Und Zülfikar Prüm war der größte aller Gemüsehändler.

Er war groß und hager, hatte das Lachen eines Eichelhähers und die langen sehnigen Hände eines Lemuren. Um seinen Mund lockte sich ein rotblonder Bart, den er jeden Abend mit Karottenöl abrieb, damit er seine leuchtende Farbe behielt. Auf dem Kopf trug er einen Homburg, und unter diesem Hut lächelte Zülfikar Prüm ein Lächeln, das niemand je vergessen konnte.

Der Beruf des Gemüsehändlers ist voller Gefahren. Gemüse eignet sich zwar hervorragend dazu, besprochen und verhext zu werden, doch hat es darüber hinaus seinen eigenen Kopf. Ganz im Gegensatz zu Obst. Obst liegt nur faul herum. Gemüse dagegen ist in der Hand des Kundigen eine mächtige Waffe. Eine Schütte Kartoffeln recht ins Gewerk gesetzt, reicht aus, um eine ganze Stadt zu beherrschen, aber kaum, dass man sie aus den Augen gelassen hat, kniepen die Kartoffeln mit ihren schrumpeligen Äuglein in die Welt, fahren ihre weißen Triebe aus, die wie Maden aus dem Körper eines Toten kriechen, und folgen ihren eigenen sinistren Plänen. Denn eins ist gewiß: Kartoffeln führen nie Gutes im Schilde. Es sind Nachtschattengewächse. Entstanden vor Urzeiten aus einer einzigen Knolle, gezeugt im Morast, wachsen sie in der Heimlichkeit der Ackerfurche auf, verbunden durch eine Vielzahl von Wurzeln und Strängen, und darinnen wispern sie die uralten, unerhörten Geschichten ihrer Herkunft und träumen davon, wieder eins zu werden, zurückzukehren zu der einen riesigen Mutterknolle.

Und dann werden sie aus dem Boden gerissen.

Zu Tode erschrocken und ihrer Wurzelfäden beraubt, werden sie auf Laster und Güterwaggons verfrachtet, landen schließlich bei Gemüsehändlern wie Zülfikar Prüm und haben eine Stinkwut. Missmutig liegen sie dort herum, schrumpeln absichtlich, zischeln sich Bösartigkeiten hinter den Rücken der Kunden zu und warten auf ihre Stunde. Und sogar ein Meister der Nachtschatten wie Zülfikar hatte seine liebe Not mit den Knollen. Nie ließ er sie unbeobachtet, und nie ließ er sie länger als nötig in seine Nähe kommen.

Doch auch an anderen Orten der Stadt wusste man von diesen Dingen. Eine einzige Kartoffel hatte der alte Joffe der jungen Hure Jasmin zum Geschenk gemacht, denn Joffe hatte sich verliebt. In die Hure, nicht in die Kartoffel, versteht sich. Wie ein Unwetter war die Liebe über ihn gekommen, und Joffe hatte zunächst getan, was er immer tat, wenn etwas über ihn hereinbrach: Er hatte den Kopf eingezogen und war im nächsten Loch verschwunden. Aber auch dort war die Flut der Liebe hineingeschwappt und hatte ihn der Jasmin vor die Füße gespült. Und da stand er jetzt, mit seiner Kartoffel in der Hand und grinste wie ein Schaf.

»Nimm diese Kartoffel als Zeichen meiner Liebe an«, hatte der alte Joffe gesagt.

»Du spinnst wohl«, hatte Jasmin geantwortet.

»Sie wird dich vor der Gefahr bewahren, Jasmin.«

Und dann schilderte er, wie er die Kartoffel besprochen hatte und welchen Zauber sie ausüben könne. Sie müsse sie nur drei Tage lang in ihrem Körper tragen.

»Zum Pinkeln darfst du sie aber rausnehmen«, meinte Joffe und grinste schief. Denn nur weil einer verliebt ist, hört er nicht einfach auf, eine alte Drecksau zu sein, und schon gar nicht der alte Joffe.

»Joffe!«, rief Jasmin und haute ihm eine. »Du spinnst nicht nur, du bist auch ein altes Schwein.«

Dann zog sie von hinnen, allerdings mit der Kartoffel.

Joffe hielt sich die Wange und schaute ihr verliebt nach. Gar nicht schlecht für's erste Mal, dachte er und setzte sein Schafsgrinsen wieder auf.

»Ei!«, sagte währenddessen Zülfikar, als er der Fuhre verkniffener Knollen ansichtig wurde, die ein grobgesichtiger Hauklotz von einem Mann vor seinem Laden ablud. »Ihr seid mir ja eine Bande dreckiger Halunken.«

Die Kartoffeln starrten finster zurück. Welche Rolle diese graugesichtigen Krumbeeren in dem Mysterienspiel von Leben und Tod, welches wir Gemüsehandel zu nennen uns angewöhnt haben, spielen sollten, das sei nun hier erzählt.

Es begab sich nämlich, dass der König des Viertels sich zum Sterben niederlegen musste. Seine Leber war vom Schnaps zerfressen, die Lungen vom Teer verklebt, und auch sonst fühlte er sich recht müde.

Der König des Viertels besaß große Macht über seine Leute, größere als Zülfikar je hätte ausüben können. Denn Simson, so hieß der König, hielt sich nicht lang mit Gemüse und dessen Beschwörung auf. Simson herrschte als Mensch über Menschen, er brach ihnen die Knochen, wenn sie aufbegehrten, und gab ihnen Geld, wenn sie seinem Willen folgten. So einfach nämlich ist die Herrschaft zu erreichen, wenn man unempfindlich in der Wahl der Mittel ist.

Am vierzehnten Tag seiner Krankheit ließ Simson den Gemüsehändler Zülfikar rufen, da er den Tod nun kommen spürte.

Nun stand Zülfikar vor Simson, lächelte und nahm seinen Hut nicht ab. Simson ergrimmte und wollte ihn schon aus dem Fenster stürzen lassen, da bemächtigte sich ein grässlicher Schmerz seiner Eingeweide, sodass er aus seinem Lager hochfuhr. Die Frauen, die an seiner Seite saßen und seine Stirn zu betupfen hatten, wurden von der Wucht des massigen Körpers zu Boden geschleudert, und Simson hob zu einem Brüllen an, dass sich die Leute noch drei Straßen weiter ängstlich anblickten und den Hut in die Hand nahmen.

Nicht so Zülfikar Prüm.

Er tätschelte dem Simson sacht die Wange.

»Du bist ein toter Mann, Simson«, sagte er und zupfte an seinem schütteren karottenfarbenen Bart.

Simson war vor Schmerz grün angelaufen, biss aber die Zähne zusammen, dass seine Kiefer knackten und presste eine Antwort hervor:

»Du auch, Zülfikar.«

Zülfikar lächelte mitleidig und beugte sich über Simson.

»Mag sein, aber ich bin der Herr der Nachtschatten, und du bedarfst meiner Dienste.«

Simson stierte den Gemüsehändler aus glasigen Augen an, dann hieß er seine Leute mit einer matten Handbewegung den Raum verlassen.

Nun weiß man nicht, was genau zwischen den beiden Männern beredet worden ist. Ob Zülfikar den Simson über die Gefahren aufgeklärt hat, die es mit sich bringen kann, wenn man sich in einem kartoffelgefüllten Sarg beerdigen lässt? Dass es wohl sein kann, dass man nach drei Tagen gesund an Leib und Seele aus der Gruft steigt, dass es aber auch ganz anders kommen kann? Schon mancher ist nämlich so graugesichtig und verschrumpelt wiedergekehrt, dass ihn die eigene Mutter nicht hat wiedererkennen mögen, überdies ist vielen unter Tage ein boshafter Sinn entstanden, der sie zu unangenehmen Hausgenossen machte. Viele stinken auch. Zudem ist manchen Wiedergekehrten der Drang eigen, sich bei Sonnenuntergang bis zum Hals in frischgepflügte Äcker einzugraben und dergestalt die Nacht zu verbringen, und nicht selten kommt es vor, dass ihre Gesichter von streunenden Hunden und Katzen angenagt werden. So gehen sie bald ihrer Ohren und Nasen verlustig und erinnern mit ihren runden verschorften Köpfen an eben jene Feldfrüchte, denen sie ihr neues Leben zu verdanken haben. Zülfikar wird von alledem geschwiegen haben. Boshafteren Sinns als Simson konnte niemand sein, mochte man ihn auch noch so oft eingraben, wird er sich gedacht haben, und der Hässlichkeit des Mannes war auch wenig noch hinzuzufügen. Er wird dem Simson einen Preis genannt, und Simson Verwünschungen zwischen zusammengebissenen Zähnen hervorgequetscht haben, um den Preis zu guter Letzt dann doch zu akzeptieren. Was auch blieb ihm anderes übrig? Wenn man nicht Manns genug ist zu sterben, muss man sich eben dem Herrn der Nachtschatten ergeben. Aber das sagt sich leicht, wenn man nicht stirbt.

Unten in der Küche, gebeugt über eine Wanne Prinzess-Kartoffeln, saß der alte Joffe, der schon manches gesehen hatte. Noch weiteres mehr hätte er sehen können, aber Joffe war immer klug genug gewesen, nicht überall hinzuschauen. Deswegen war er so alt geworden.

»Das wird kein gutes Ende nehmen«, murmelte Joffe, während er den gekochten Kartoffeln die Haut abzog und die verbliebenen Augen ausstach.

»Es nimmt nie ein gutes Ende«, sprachen die Kartoffeln leise und ließen sich widerstandslos in die heiße Butter werfen. Weil sie genauso zubereitet werden wie frühchristliche Märtyrer, bilden sich Prinzess-Kartoffeln einiges darauf ein, trotzdem sind sie genauso verkommen wie alle anderen.

Am nächsten Abend, nachdem er ausgiebig gezecht hatte, legte sich Simson zum Sterben hin. Er war so bewegt von seinem eigenen Hinscheiden, dass er unentwegt heulte. Tränen und Schnaps flossen gleichermaßen in Strömen, wenn er nur daran dachte, wie sein Sarg durch blumenbekränzte Straßen getragen werden würde, das trauernde Volk zu beiden Seiten teilend. Seine Leute würden mit mannhaft zur Schau getragenem Schmerz hinter dem Sarg defilieren, während davor die Weiber haareraufend und greinend den Weg zum Friedhof bahnen würden. Und so übte er noch am Abend seines Ablebens mit seinen Weibern Klagegesänge ein. Dann ließ er seine engsten Mitarbeiter kommen.

»Glotzt nicht so blöd, ihr Vollidioten«, blaffte er, »ich sterbe gerade. Ihr werdet anständig um mich trauern und mich eingraben. Aber in drei Tagen werde ich auferstehen von den Toten, ihr verdammten Arschgeigen. Also überlegt genau, was ihr in dieser Zeit anstellt. Wenn auch nur ein Loch unbezahlt gestopft wird, wenn auch nur eine Hand ohne meine Erlaubnis die Karten führt, geht ihr alle denselben Weg wie ich, aber ohne Rückfahrschein. Ansonsten muss ich sagen: Ich war ein strenger, aber gerechter Herrscher. Ihr habt es alle gut unter mir gehabt, obwohl ihr komplette Versager seid.«

Zufrieden sah er sich unter seinen Leuten um. Er fand, das war eine schöne und gefühlvolle Rede.

Dann starb Simson, der König des Viertels.

Jasmin indes, die wie alle Huren Simsons überaus abergläubisch war, hatte die Kartoffel des Joffe an sich genommen und ausgetragen, wozu sie eigens drei Tage Urlaub hatte erbetteln müssen. Als sie zurückkehrte, fand sie das Haus in Trauer und den Simson in einem Sarg aus feinstem Mahagoni aufgebahrt, der allerdings nur geliehen war. Eine merkwürdige Stimmung befiel sie, als sie den Simson so tot daliegen sah. Obwohl sie einander nicht gut gewesen waren, waren sie sich doch nah. Sie hatte nie eine Familie gehabt, nie eine andere Nähe als die des Simsons gekannt. Lange betrachtete sie den Leichnam des Zuhälters. Sie erinnerte sich, wie sie von ihm gekauft worden war, erinnerte sich, wie er ihr zwei Rippen gebrochen hatte, erinnerte sich an die blau geschlagenen Augen und daran, dass er ihr einmal einen wertvollen Ring geschenkt hatte. Sie erinnerte sich auch an all die seltsamen Momente zwischen ihnen, in denen so etwas wie Liebe hätte entstehen können, wenn die Welt eine andere gewesen wäre.

»Ich verfluche dich nicht, obwohl du das verdient hättest«, flüsterte sie und fuhr ihm durchs Haar. »Und mir scheint, nun, da du tot bist, habe ich keinen Schutz mehr nötig. Aber du, Simson, du sollst deinen Weg ins Totenreich nicht ohne einen Gefährten gehen, auch wenn du ein Arschloch bist.«

Sie hob ihren Rock, nestelte die kleine Kartoffel hervor, öffnete den Mund des Toten, schob die Knolle hinein, klappte die Kiefer wieder zusammen und küsste dem Simson die Stirn.

Es wurde eine schöne Beerdigung. Viele Tränen wurden vergossen, die ganze Stadt war auf den Beinen und benahm sich falsch und verlogen, wie ein Sack Kartoffeln eben.

Die Männer schauten dienstbeflissen betreten, die Weiber klagten lauthals, aber teilnahmslos. Nur Jasmin stand stumm da, sooft sie auch deswegen von ihren Kolleginnen angerempelt wurde. Der Bürgermeister hielt eine Rede, der Pfarrer sprach einen Segen, und Zülfikar Prüm lächelte unter seinem Homburg. Dann gruben sie den Simson ein und gingen nach Hause.

Unten in der Erde begannen die Kartoffeln ihr seltsames Werk. Ein Rumpeln und Kollern hob an, langsam kreisten die Kartoffeln um den Toten herum und sangen ihre alten Lieder vom Werden und Vergehen. Dann standen sie stille und begannen, den Simson mit ihren Keimfäden zu umwickeln. In Simsons Mund aber ruhte die Knolle der Jasmin und sang ein gänzlich anderes Lied. So hielten die Knollen inne und besprachen sich, wie denn mit Simson zu verfahren sei, denn sie tun nichts, ohne einander angehört zu haben, wenn sie auch auf niemanden sonst hören. Schließlich stand der Entschluss der Knollen fest.

Am Abend des dritten Tages kroch der König aus seinem Grab. Verdreckt und lehmverschmiert machte er sich auf den Weg zurück in die Stadt und rutschte im Schutz der Nacht auf den Knien zum Haus der Jasmin, wo er auf den alten Joffe traf. Der drückte sich dort gern des Nachts herum, besonders vor Jasmins Schlafzimmerfenster.

»Hach!«, machte der alte Joffe und erschrak, als er den Simson dort knien sah.

»Umpf«, machte Simson und warf sich flach auf den Boden.

Joffe, der schon so manchen Wiedergänger gesehen hatte, musste lachen, als er den König genauer betrachtete, und richtete ihn wieder auf.

»Du siehst ja noch blöder aus als ich«, kicherte Joffe und kniete sich neben ihn.

Hier war kein Herr wiedergekehrt, sondern ein Diener. Ein Werkzeug in den Händen eines anderen. Ein Instrument fremden Willens, jedenfalls so lange niemand seinen Kiefer brach und die kleine, augenlose Kartoffel zerstörte, die zwischen seinen Zähnen steckte. Und diese Knolle erkannte Joffe nur zu gut. Er selbst hatte sie in dem Sinn besprochen, dass ihr Träger dem Überbringer der Knolle unter allen Umständen zu Willen sein musste.

Und so kam es, dass der mächtige König des Viertels dank der Künste des Zülfikar Prüms zwar den Tod hatte besiegen können, nicht aber den stolzen Sinn der Hure Jasmin und so zu ihrem Diener werden musste. Jasmin jedoch, die keinen Golem im Haus haben wollte und überdies keinen Bedarf an einem solchen hatte, ließ dem Simson seine Ruhe. Sie ließ seinen Mund mit Erz versiegeln und stellte Simson als Standbild auf dem Platz vor dem Laden des Zülfikar Prüm auf, wo er noch heute steht. Den alten Joffe aber, der Jasmin an die Möglichkeit der Liebe erinnert hatte, lud sie für diesmal in ihr Bett ein. Alle folgenden Nächte aber hatte er zu zahlen wie alle anderen auch.

Die Verwandlung

Als Mathilde Samsa eines Morgens aus unruhigen Träumen erwachte, fand sie ihren Mann Gregor zu einem ungeheueren Ungeziefer verwandelt.

»Nicht schon wieder«, stöhnte sie und versuchte, das hässliche Insekt aus dem Bett zu schubsen. Wenn ihr Mann sich in einen Käfer verwandelte, war er kaum aus dem Bett zu kriegen, ging nicht arbeiten und drückte sich tagelang in den dunklen Ecken der Wohnung herum. Außerdem nagte er immer an der Holzverkleidung im Wohnzimmer. Mathilde hasste das.

»Guck mal, sechs Beine«, kicherte Gregor vergnügt und strampelte mit seinen schwächlichen, dünnen Beinen.

Manchmal fragte sich Mathilde wirklich, ob sie ihren Mann noch liebte und begehrte. Gleich würde er damit angeben, dass er die Wand hochkrabbeln könne.

»Ich kann die Wand hochkrabbeln«, feixte Gregor und schlitzte mit seinen messerscharfen Beinchen die Rauhfasertapete auf.

»Komm da sofort runter«. zischte Mathilde und riss energisch die Gardine auf. Sonnenlicht durchflutete das Schlafzimmer der Samsas. Gregor kiekste erschrocken auf, dann raschelte es, und der Käfer verschwand unter dem Plumeau.

Mathilde Samsa schlüpfte in die geblümte Kittelschürze, brühte einen Kaffee auf und las ihrem Mann ein paar Kartoffelschalen aus dem Biomüll, die sie mit dem frischen Kaffeesatz vermengte. Sie räusperte sich kurz und spuckte obendrauf.

»Frühstück ist fertig«, rief sie und schob das Näpfchen unter den Küchenschrank.

Gregor hatte es sich mittlerweile unter dem Schrank bequem gemacht und sonderte ein übelriechendes Sekret ab, mit dem er sein Frühstück auf dem Teller vorverdaute. Wenn Mathilde schon dieses Geräusch hörte. Dieses Schmatzen und Schnobern und dazu dieses Reibgeräusch, wenn Gregors Chitinplatten aneinanderschabten. Widerlich. Gregor lugte unter dem Schrank hervor und tentakelte mit seinen Fühlern herum.

»Käfer tun keinem was«, verteidigte er sich. »Sie sitzen lieb unter dem Schrank und fressen Abfall. Werwolf wäre viel schlimmer gewesen.«

»Ach, Gregor«, seufzte Mathilde, doch Gregor hörte nicht mehr zu.

»Boah, Milben!«, krakeelte Gregor Samsa jetzt, dann hörte Mathilde ein ekliges Knacken und schließlich das Mahlen der Mundwerkzeuge ihres Mannes. Sie schüttelte sich angewidert.

»Ich geh' einkaufen«, seufzte sie kläglich.

»Bekomme ich keinen Kuss?«, beschwerte sich Gregor schmatzend, aber Mathilde überhörte das und entwischte durch die Tür.

Auf dem Flur traf sie Marion Wonneberger, die im Geschoss unter ihnen wohnte.

»Mein Mann ist ein Schuhschnabel«, begann Frau Wonneberger grußlos. »Seit heute morgen. Ein herrliches Tier.«

»Ach.«

»Ja, er sitzt auf dem Sofa, spreizt sein Gefieder und pickt Käfer aus den Ritzen.«

»Dann fällt Doppelkopf heute Abend wohl wieder aus.«

»Was?«

»Mein Mann ist ein Käfer«, gab Frau Samsa zu.

»Schon wieder?« Frau Wonneberger verdrehte die Augen.

Diese exaltierten Wonnebergers! Immer musste es was Exotisches sein. Neulich war Herr Wonneberger noch Komodo-Waran gewesen, dann auf einmal Wombat und schließlich Okapi. Ständig musste Mathilde in Brehms Tierleben nachschlagen, um Herrn Wonnebergers neueste Physis zu ergründen, und immer diese schrillen Anrufe, weil Frau Wonneberger irgendetwas Ausgefallenes für ihren Mann brauchte.

Erst neulich: »Hach, Frau Samsa. Haben sie zufällig Eukalyptussprossen im Haus? Denken Sie nur, mein Mann ist seit heute Morgen Koalabär. Er isst nur Eukalyptus, und die Bonbons hat er jetzt alle.«

Ihr Gregor dagegen ging schon seit Jahren als Käfer. Kaum, dass er mal Mehlmotte wurde. Ein paar Kartoffelschalen und ein alter Wurstzipfel reichten, und ihr Gregor tollte tagelang vergnügt in der Wohnung herum. Sie wusste schon, warum sie ihn geheiratet hatte und nicht so einen extravaganten Schnösel wie Herrn Wonneberger. Wenn Gregor nur nicht immer an der Holzverkleidung im Wohnzimmer nagen würde.

»Mein Mann ist ein ganz reizender Käfer«, verteidigte Mathilde ihren Mann, »mit einem hübschen, glänzenden Panzer.«

»Ist ja schon gut, meine Liebe«, besänftigte Frau Wonneberger eine Spur zu jovial.

In diesem Moment schritt die langbeinige Frau Ventus über den Flur.

»Guten Morgen, Frau Ventus«, sagten die beiden Frauen mit überzuckerter Feindseligkeit. »Sie sehen aber wieder mal bezaubernd aus.«

Frau Ventus steckte in einem enganliegenden roten Kleid, das weit über ihren Knien endete. Um ihre schlanken Schultern trug sie einen herrlichen weißen Nerz geschlungen.

»Ihr Mann?«, fragte Frau Wonneberger und deutete auf den Pelz.

»Mein Mann ist ein Schwein«, erwiderte Frau Ventus mit unverhohlener Verachtung in der Stimme.

»Auch seit heute Morgen?«, fragte Mathilde.

»Nein, schon immer«, sprach Frau Ventus gemessen und verschwand in ihrem Apartment.

»Schon immer«, äffte Frau Wonneberger die andere nach.

»Eine grässliche Person«, bekräftigte Mathilde.

»Und so ungebildet.«

»Die kommt aus keinem guten Stall.«

Circe Ventus, die Tochter des Sonnengottes Helios und ehemalige Bewohnerin der Insel Aiaia, kicherte sich eins hinter ihrer Wohnungstür, entledigte sich mit einer grazilen Handbewegung ihres Nerzes, der einmal unter dem Namen Horst Einfalt als Kellner und Eintänzer im »Salambo« gearbeitet hatte, und ließ sich in den Sessel plumpsen. Sie war geschafft.

Als Circe nämlich heute Morgen aus unruhigen Träumen erwacht war, hatte sie aus einer Laune heraus Herrn Samsa wie üblich in einen Käfer, Herrn Wonneberger in ein Tier, dass sie mit geschlossenen Augen aus Brehms Tierleben herausgesucht hatte, und Herrn Wittich in ein Walross verwandelt. Manchmal brauchte sie das einfach. Männer in Schweine zu verwandeln reichte ihr einfach nicht mehr. Außerdem war es diskriminierend und vorverurteilend. Nicht alle Männer gaben gute Schweine ab, hatte sie irgendwann feststellen müssen, manche lehnten es auch schlichtweg ab. Das war früher ganz anders gewesen. Einmal hatte sie einen der Gefährten des Odysseus in einen Zobel verwandelt, weil er so hübsch gewesen war. Die anderen waren alle Schwein geworden, weil das damals so üblich war, da fragte niemand groß. Der Zobel aber war von den Schweinen schlimm gehänselt worden, hatte deswegen Neurodermitis bekommen und wurde von den Dichtern verschwiegen. Heute dagegen wurden alle ihre Verwandlungen verschwiegen, was Circe nicht wenig verbitterte.

Herrn Wittichs Verwandlung war die schwerste, und so war Circe erzürnt, dass es wieder keinem aufgefallen war. Herr Wittich war wie üblich seiner Arbeit als Bademeister und Würstchenverkäufer nachgegangen und würde sich zum Feierabend mit Heringen verwöhnen lassen, die ihm seine Frau aus der Küche zuwarf, und anschließend wie jeden Mittwoch zur Kegelbahn watscheln, wo er die Kegel, zum Gaudium seiner Kollegen, auf der Nase zu balancieren pflegte. Auch dort würde niemand den Unterschied bemerken.

»Nee, mir ist nix aufgefallen«, versicherte Frau Wittich denn auch treuherzig, als sie von Frau Wonneberger und Mathilde nach ihrem Mann gefragt wurde.

Frau Wittich stellte ächzend die Tonne eingesalzenen Herings ab, die sie sich auf den Rücken gebunden hatte, damit sie die Hände für die beiden Plastiktüten frei hatte, in denen durchsichtiger Krill schwabbelte.

»Ach, gibt es heute bei ihnen wieder Hering?«, fragte Frau Wonneberger angewidert, deren Balkon über dem Küchenfenster der Wittichs lag.

»Jau. Mit Krill«, nickte Frau Wittich.

»Lecker.« Frau Wonnebergers Miene versteinerte.

»Das ist schon das dritte Mal diesen Monat«, zischte sie, als Frau Wittich samt ihrem Fass im Fahrstuhl verschwunden war. »Wir müssen was unternehmen.«

»Ich muss einkaufen gehen«, behauptete Mathilde.

Zum Schein stromerte Mathilde ein bisschen durch den Edeka, verschwand dann aber mit mühevoll gespielter Unauffälligkeit hinter dem Gebäude, suchte einen verschimmelten Apfel und ein angegammeltes Stück Fleisch aus dem Container und stopfte beides schnell in ihre Handtasche, die sie klopfenden Herzens an ihre Brust presste. Es war ihr wahnsinnig unangenehm, aber Gregor aß ja nichts anderes.

Als sie zurückkehrte, versperrte ihr Frau Wonneberger den Weg.

»Ihr Mann hat meinem Mann Sekret ins Gesicht gespuckt.«, ereiferte sie sich.

»Weil er nach mir gepickt hat«, verteidigte sich Gregor. »Es war Notwehr.«

Ganz außer Atem kam er den Flur entlanggekrabbelt, seine Tracheen pumpten, außerdem hatte er einen Fühler verloren.

»Ich fresse nur Lungenfisch«, behauptete der Schuhschnabel, der ebenfalls herbeigestelzt kam, mit Kennermiene, schielte dabei aber so schuldbewusst nach Gregor Samsa, dass dieser höhnisch auflachte.

Herrn Wonneberger tränten die Augen, und ein klebriger, dunkelbrauner Sud bedeckte sein staubgraues Gefieder, das sich bereits aufzulösen begann. Er krächzte erbärmlich. Gregor spreizte die Flügel und sabberte Sekret auf den Boden.

»Schnapp mich doch, wenn du dich was traust«, rief er triumphierend.

Herr Wonneberger tschilpte ängstlich wie ein Küken. Die beträchtliche Frau Wonneberger trat schützend vor ihren Mann.

»So, ich sag' Ihnen jetzt mal was, Gnädigste«, fauchte sie Mathilde an und stützte die Arme in ihre wutbebenden Hüftburgen. »Ihr feiner Herr Käfer fickt bei uns in der Küche die Schaben, wenn Sie nicht da sind. So einer isser nämlich, der saubere Herr Samsa.«

Mathilde wurde kreidebleich. Gregor fing an, nervös zu brummen.

»Immer wenn ich vorbeikomme, wackeln sie mit ihren Stinkdrüsen, und dann kann ich nicht anders«, keuchte Gregor.

»Sag, dass das nicht wahr ist.« Mathilde zitterte.

»Sie bedeuten mir nichts«, stammelte er.

»Ich kenne einen guten Kammerjäger«, ätzte Frau Wonneberger und trat nach Gregor.

Das ging Mathilde zu weit.

»Fragen Sie sich lieber«, keifte sie und ihr Zeigefinger bohrte sich in Frau Wonnebergers Vorbau,

»warum vor Ihrem Fenster auf einmal Tauben brüten!«

Der Schuhschnabel schluckte, und Frau Wonneberger rang mit ihrer Fassung.

»Ich will die Scheidung, Gregor.« Mathilde reckte den Kopf empor und drehte sich auf dem nicht vorhandenem Absatz ihrer beigefarbenen Gesundheitsschuhe um. Beinahe im Stechschritt marschierte sie zu ihrer Wohnungstür, die sie energisch hinter sich zuknallte. Dann löste sich die feste Gestalt der Mathilde Samsa auf und zu Boden sank ein heulendes Häuflein Elend.

»Männer!«, fauchte Frau Wonneberger derweil im Flur. »Alles Schweine.«

Dann ging sie seitlich ab, um hinter den Kulissen einen Schnaps zu trinken und Kreuzworträtsel zu lösen. Für sie war die Geschichte vorbei.

Der Schuhschnabel und der Käfer sahen sich an.

»Ich bedaure diesen Vorfall zutiefst, Herr Samsa«, begann Herr Wonneberger.

»Ich bin es, der sich entschuldigen muss, mein lieber Herr Wonneberger, Sie handelten nur nach Ihrer Natur.«

»Wie dem auch sei. Wir müssen etwas unternehmen, Herr Samsa. Unsere Ehen stehen auf dem Spiel. Ermannen wir uns und erkämpfen unsere angestammte Gestalt zurück.«

In diesem Moment sprang die Fahrstuhltür auf, und Frau Ventus schwang mit lang ausschreitenden Schritten über den Hausflur. Um ihre elfenbeinernen Schultern hatte sie einen Chinchilla geschlungen, der im Morgenlicht seidig glänzte.

»Ich glaube, ich kenne diesen Chinchilla. Wir haben einmal Karten zusammen gespielt«, flüsterte der Schuhschnabel.

Gregor stellte seinen verbliebenen Fühler in Position und versuchte ein Lächeln. Gar nicht einfach, wenn man so starre Mundwerkzeuge hat. Herr Wonneberger plusterte das Gefieder auf, vollführte einige Balzschritte und krächzte.

»Ah, die Herren Samsa und Wonneberger, nehme ich an«, flötete Frau Ventus und senkte huldvoll die Hand zum Kuss. »Wie nett Sie beide heute wieder aussehen.«

»Frau Ventus«, begann der Schuhschnabel, »wenn Sie genau hinschauen, werden Sie bemerken, dass ein furchtbares Schicksal uns in Tiere verwandelt hat. Ich bin ein Schuhschnabel, und Herr Samsa muss sogar als Ungeziefer auftreten, was ich mir ungeheuer entwürdigend vorstelle.«

Gregor Samsa brummte unwillig. »Schuhschnabel«, dachte er.

Frau Ventus musterte die beiden eindringlich.

»Tatsächlich«, sagte sie schließlich.

»Sie sind doch eine junge, gutaussehende Frau, die viel von der Welt gesehen hat«, schmeichelte der Käfer.

Circe Ventus kicherte. Ja, vor allem jung, dachte sie.

»Könnten Sie uns nicht helfen?«, bat Gregor. »Wir haben wegen unserer Biologie furchtbaren Ärger zu Hause.«

»Jemand hat nämlich eine Schabe gefickt«, prustete der Schuhschnabel.

Gregor Samsa summte drohend.

»Das ist aber nicht schön«, antwortete Circe betrübt.

»Nein, es ist widerlich«, triumphierte Herr Wonneberger.

»Das meine ich nicht. Außerdem kann man das Herrn Samsa nicht zum Vorwurf machen, er hat nur nach der Natur gehandelt, die ich ihm gegeben habe.«

»SIE?«, entsetzten sich die beiden Tiere.

»Ja, sicher«, erwiderte Circe Ventus bestimmt. »Wer sonst?«

»Fräulein Lohmüller aus dem zweiten Stock.«

Frau Ventus überlegte. Fraulein Lohmüller war wirklich eine ausgesprochen fiese Person, aber nein, das konnte nicht sein. Dazu war sie nicht fähig.

»Ich bin Circe von Aiaia«, donnerte sie, und Blitze umzuckten ihr lockiges Haupt, »Tochter des Helios, Mutter des Telegonos und Ex-Frau eines bigamistischen Sittenstrolches namens Odysseus. Ich bin es, die Männer in Tiere verwandelt und niemand sonst.«

»Glaub' ich nicht«, meinte Herr Wonneberger wenig beeindruckt.

»Es war doch eher Fräulein Lohmüller«, beharrte Gregor. »Die hat eine Warze auf der Nase.«

Da geriet Circe Ventus in Wut und der Damenbart auf ihrer Oberlippe, der sie als waschechte Griechin auswies, begann zu zittern. Man soll Griechinnen nicht so zur Raserei bringen, dass sich ihre Oberlippenbärte aufstellen, und wenn diese erst anfangen zu zittern, muss man ganz schnell in Deckung gehen.

Die beiden Tiere trippelten aufgeregt herum, denn Tiere sind sensibel und spüren, ob gleich eine Naturkatastrophe passiert oder eine hellenische Halbgöttin eine Riesenszene macht, was strenggenommen aufs gleiche rauskommt.

»Ach, du Scheiße«, dachte Gregor noch und versuchte, sich in eine Ritze im Dielenboden zu quetschen.

Circe Ventus holte tief Luft und ließ ein ganzes Fuder altgriechischer Flüche in lupenreinen Hexametern vom Stapel, die noch dem abgefeimtesten Altphilologen die Schamesröte ins verknitterte Gesicht getrieben hätten. Dann hob ein Ächzen und Dröhnen an, die Fenster barsten, die Hauswände wurden hinweggefegt, und Circe begann, zu keifen und zu brüllen, und ein Graben tat sich auf im Hausflur, dass Gregor Samsa bald ins Erdinnere gefallen wäre, das dort kochte und brodelte und giftige Schwären schwefliger Winde heraufsandte. Jetzt aber begann Circe grausam zu krächzen, und Asche und Bimsstein regneten auf die Erde hinab. Schließlich aber herrschte bodenlose, drückende Stille.

»Ich glaub's immer noch nicht«, wisperte Gregor Samsa in diese bedrohliche Stille hinein.

»Ich kann es aber beweisen«, keuchte Circe atemlos und verwandelte sich schnurstracks in einen sehr wütenden Goldhamster.

Den beiden Männern aber musste sie dabei ihre alte Gestalt zurückgeben, denn so wollen es die Gesetze der antiken Zauberei.

»Toll«, sagte Herr Wonneberger, nachdem die beiden den Hamster einige Minuten lang betrachtet hatten. »Sie war eigentlich ein verzauberter Goldhamster, und wir haben es die ganze Zeit nicht bemerkt.«

Gregor Samsa nickte beeindruckt. Circe zerriss es schier vor Wut. Sie hatte die Schnauze gestrichen voll von diesen beiden Idioten, von diesem Haus, eigentlich von der ganzen Welt. Von dieser Ignoranz, diesem Unglauben und der Respektlosigkeit gegenüber der antiken Mythologie. In einem letzten Kraftakt plusterte Circe ihre Backentaschen auf und platzte.

Ratlos standen die beiden Männer im demolierten Hausflur und klaubten sich die Hamsterreste aus den Haaren. Herr Wonneberger fand schließlich als erster seine Sprache wieder.

»Sagen Sie, Herr Samsa, wie ist das so … mit einer Küchenschabe?«

Die große Depression

Obwohl November ist, finde ich heute Morgen schon beim zwölften Versuch den Ausgang aus meinem Bett, aber nur, weil ich ihn vorher mit Leuchtfarben markiert hatte. Ich wälze mich also entlang der gestrichelten Linie aus dem Bett und stimme dabei rituelle Klagegesänge an, um meine Freundin auf meine verzweifelte Lage aufmerksam zu machen. Aber die ist schon zur Arbeit gegangen und so verhallt meine A-capella-Version von »November Rain« folgenlos, wenn man von den geborstenen Fensterscheiben absieht.

Ich lasse mich von der Matratze kullern und rolle geschickt in meinen Bademantel hinein, den ich vor meinem Bett ausgebreitet habe. Das letzte Mal hatte ich mich beim Schwungholen verrechnet und war zu weit gekullert, sodass ich den ganzen Tag unter dem Schreibtisch verbringen musste. Glücklicherweise war ich in Rückenlage unter dem Tisch zu liegen gekommen und hatte endlich Gelegenheit, einmal ausgiebig die Maserung meiner Tischplatte von unten zu betrachten.

»Komm auch«, hatte ich meiner Freundin zugerufen, »es ist romantisch hier, wie unter dem Sternenhimmel«, aber da war sie schon zur Arbeit gegangen.

Ich habe im Laufe dieses Tages unzählige Drachen und Schwäne, zwei kubistische Kaninchen, einen dreibeinigen Hund und fünfmal den großen Wagen unter meinem Tisch gefunden, ich bin aber auch sehr gut in Sternbilderfinden. Im Sommer habe ich sogar einmal ein ganz neues Sternbild am Firmament entdeckt. Es heißt »Kartoffelbrei« und besteht aus allen Sternen, die man sehen kann.

Daran musste ich denken und habe sofort Hunger bekommen, sodass ich nur noch Nahrungsmittelsternbilder erkennen konnte. Ich bin erschöpft eingeschlafen und habe sofort vom Jüngsten Gericht geträumt. Anscheinend ist die Sache aber ungut für mich ausgegangen, denn als meine Freundin mich endlich gefunden hat, hatte ich ein Relief in den Schreibtisch gebissen, das eine allegorische Darstellung der sieben Todsünden zeigen solle. Allerdings war nach Völlerei und Faulheit schon kein Platz mehr gewesen. Aber ich glaube, das Wichtigste hatte ich drauf.

Diesmal bin ich vorsichtiger, benutze mein Laken als Bremsfallschirm und lande wohlbehalten im Bademantel.

»Der Tag kann kommen!«, rufe ich schläfrig, aber als ich endlich die schwierige Schleife vor meinem Bauch zugeknotet habe, wird es schon wieder dunkel.

Jetzt muss ich mich irgendwie zur Küche durchschlagen, weil ich sonst elend auf meinem Bettvorleger verhungern müsste, und das ist mir zu anstrengend.

Mit meinen Fingerspitzen kann ich zwar die Wand berühren, aber der Lichtschalter ist viel zu hoch angebracht. Ich rufe ein paar Mal schwach: »Es werde Licht«, aber irgendwas mache ich falsch, denn es fängt bloß an zu regnen, aber glücklicherweise nur draußen.

Ich könnte den Bademantel zu einer Kugel verknoten, überlege ich, aber würfe ich den Bademantel und träfe obendrein den Schalter, bliebe ich zwar wegen der Helligkeit wach, müsste aber wahrscheinlich auf dem

Weg in die Küche erfrieren. Werfe ich ihn jedoch nicht, kann ich leicht im Schlaf verhungern.

Ich versuche, einen Algorithmus für alle denkbaren Strategiemöglichkeiten zu entwickeln, aber mein Gehirn möchte lieber an belegte Brötchen denken. Ich beschließe, dass die Lösung wie bei allen mathematischen Problemen »n geht gegen unendlich« lauten muss, aber das hilft nicht, weil n ja bloß in die Unendlichkeit gehen muss und nicht ohne Socken durch ein ungeheiztes Wohnzimmer. Und das ohne Proviant, außer dieser kleinen Plockwurst, die als Notreserve mit Gummiband an meinem Knöchel festgemacht ist. Das darf man mal nicht unterschätzen.

Neulich bin ich orientierungslos in unserem Wohnzimmer gestrandet, weil ich den ganzen Proviant schon im Bett aufgegessen hatte, und habe dann zwei Tage auf dem Boden herumliegen müssen, bis meine Freundin mich mit einem Schinkenköder in die Küche manövrieren konnte. Wenn ich noch mal strande, will sie mich einfach sprengen, sagt meine Freundin.

Ich esse meine Plockwurst, aber sie verlängert meine Qualen nur, jetzt bin ich dem Hungertod geweiht.

Vielleicht ja doch nicht, fällt mir ein, immerhin liege ich auf zwei Quadratmetern nahrhafter Kokosfasern oder Sisal oder so. Jedenfalls beiße ich in den Teppich, aber der ist doch nur aus Polyester, lässt sich nicht kauen, und am Stück kriege ich ihn nicht runter. Deswegen versuche ich, meinen Organismus auf Photosynthese umzustellen, aber dafür ist es zu dunkel. Kein Wunder, ist ja November. Verzweifelt schnappe ich nach ein paar Wollmäusen, aber die Biester sind einfach zu schnell.

Ich versuche es mit Levitation, bin aber zu erschöpft und döse ein. Im Traum begegnet mir Johnny Cash, den ich beim großen Depressionswettbewerb schlage. Ich gewinne sogar gegen die große Depression von 1928. Mir geht es so schlecht, ich kann nicht mal mehr atmen. Als ich aufwache, liegt unsere Katze auf meinem Gesicht, wahrscheinlich will sie meinen Leiden ein Ende bereiten, das gute Tier.

»Das wird jetzt vielleicht ein bisschen ziepen«, sage ich zu ihr und halte mich an ihrem Schwanz fest. Nach dreieinhalb Stunden Drohstarren gibt sie auf und zieht mich samt Bettvorleger in die Küche. Sie ist total sauer, weil sie verloren hat. Jetzt kriege ich nämlich die Hälfte von ihrem Futter, das war so abgemacht.

»Die Welt ist schlecht«, sage ich zu unserer Katze, und sie nickt beleidigt. Ich nicke auch, aber ein und zwar mit dem Gesicht im Katzenfuttertöpfchen.

Der lange, anstrengende Weg in die Küche hat mich erschöpft und deswegen träume ich erst mal nichts, sondern schaue zu, wie ein haariges Biest mein Über-Ich durch unsere Wohnung jagt. Über-Ich wimmert und schreit um Hilfe, aber was soll man denn da groß machen? Es ist einfach zu groß, außerdem kann es den Kühlschrank aufmachen und lecker Brote schmieren. Über-Ich würde erst mal einkaufen gehen, und das ist viel zu weit weg.

Es hört netterweise auf, Über-Ich zu jagen, und macht uns allen was Hübsches zu essen, indem es mit meinem Fuß den Kühlschrank umstößt. Heute gibt es Milch mit Orangensaft und Schinkennutella zum Frühstück. Über-Ich will die Sauerei sofort wegmachen, stolpert dabei aber über die Katze und fliegt in hohem Bogen auf mich zu. Ich muss erst lachen, dann gähnen, verschlucke Über-Ich dabei versehentlich und kriege davon sofort ein schlechtes Gewissen. Verdammt, ich hätte im Bett bleiben sollen.

Geburtstag, Tod und Teufel

Heute ist mein Geburtstag, und der Tod kommt mich holen. Ich hätte es wissen müssen, das hat letzte Nacht ja schon so in der Brust gezogen. »Wahrscheinlich Krebs«, hatte ich diagnostiziert und mir nichts Schlimmes dabei gedacht. Neulich zum Beispiel hatte ich Fußkrebs vermutet, und es war nur ein Steinchen im Schuh gewesen.

Aber jetzt steht der Tod mit einem verwelkten Strauß weißer Kamelien vor meiner Tür und klingelt. Man erkennt den Tod, wenn man vor ihm steht, das ist mal sicher. Allein schon wegen der Sense. So was trägt ja heute kein Mensch mehr, die Dinger sind ja auch unglaublich unpraktisch. Ich kannte mal jemanden, der hatte sich zu Karneval als Tod verkleidet, mit echter Sense, aber weil er so klein war, hat er sie dreißig Zentimeter kürzer gemacht und ist dann im Rosenmontagszug schunkeln gegangen. Trotzdem hat jeder gleich gewusst, dass er nicht der richtige Tod war, auch wenn die Wirkung eine ähnliche gewesen ist.

Ich brülle »Ich bin nicht zu Hause!« aus dem Fenster und mache sicherheitshalber meine Zigarette aus. Man muss den Tod ja nicht noch zusätzlich anlocken. Man bindet sich ja auch keine blutigen Schnitzel um den Bauch und geht dann im Haifischbecken schwimmen. Man sollte überhaupt nicht im Haifischbecken schwimmen gehen, wenn ich es recht bedenke, aber das ist mit dem Rauchen ja ganz ähnlich, und ich tue es trotzdem, und wer im Haifischbecken sitzt, soll nicht mit Schnitzeln werfen, heißt es ja auch. Besonders wenn der Tod an die Tür klopft, und das tut er. Oh ja. Mit seinen weißen Knöcheln klopft er an die Scheibe, weil ich auf das Klingeln nicht reagiert habe.

Ich laufe schnell hoch zur alten Frau Bennerscheidt.

»Gehen Sie mal runter, da ist Besuch für Sie, Frau Bennerscheidt, ein alter Freund von Ihnen«, sage ich, aber Frau Bennerscheidt kennt den Trick schon aus dem Pflegeheim.

»Von wegen«, keift sie. »Ich gehe erst, wenn mein Erbe verballert ist. Schönen Tach noch.«

Dann knallt sie die Tür zu, und das Klopfen hallt immer lauter durchs Treppenhaus.

Ich rufe die Polizei an und erkläre, dass ich mit dem Tode bedroht werde. »Von wem denn?«, fragt die Polizei, und da ahne ich schon, dass dieses Telefonat in die falsche Richtung geht.

»Na, vom Tod halt«, sage ich, und der Beamte stellt mich kommentarlos zur Telefonseelsorge durch. Dort erklärt man mir, dass wir alle in Gottes Hand sind, die verbleibende Zeit genießen und zwischendurch gute Werke tun sollen. Na, danke schön.

Mir fällt ein, dass die Tür zum Garten noch offen ist. Jetzt bloß nicht nervös werden, denke ich, und nach einer Viertelstunde habe ich den Schlüssel im Schloss. Geschafft. Jetzt könnte ich die verbleibende Zeit genießen. Wenn nur dieses Klopfen nicht wäre.

Der Tod kann warten, sage ich mir, und das tut er auch. Denn der Tod hat ja Zeit. Und wenn ihm langweilig wird, dann raucht er einfach vor der Tür eine nach der anderen. Ihm passiert ja nichts, er ist ja der, vor dem die weißen Kästchen auf den Packungen warnen, der feine Herr Tod. Und ich sitze derweil nervös am Küchentisch, vor mir eine fast volle Packung Zigaretten, die ich aber nicht rauchen darf, weil – das riecht er doch, und dann kommt er mich erst recht holen.

Vielleicht bin ich ja schon tot, und das hier ist die Hölle, überlege ich, aber wenn das hier die Hölle ist, dann wäre mein Hund nicht hier, es sei denn, man kommt auch wegen Doofheit in die Hölle. Dann blieben wir beide zwar auf ewig zusammen, aber meine Freundin könnte nicht mit. Das wär' auch irgendwie schade.

Der Hund winselt, als ich ihm erkläre, dass der Tod vor unserer Tür steht. Kein Wunder, in seinem Alter würde ich mir da auch mal Gedanken machen, muss man ja alles mal vier rechnen.

Ich erkläre ihm sicherheitshalber, wie der Dosenöffner funktioniert, falls ich das hier nicht überlebe, und er nickt. Aber das bedeutet nichts. Er nickt halt gerne.

Es klingelt wieder.

Einfach ignorieren, denke ich, und ganz normal weitermachen wie bisher. Also zittere ich einfach weiter und starre noch ein Stündchen auf den Küchentisch, während der Tod erneut an meine Türe klopft. Ein ganz normaler Geburtstag im Leben eines frühen Mittdreißigers, rede ich mir ein, das ist halt nicht mehr so ausgelassen wie früher. Man denkt viel mehr über die eigene Sterblichkeit nach. Das hat doch auch positive Aspekte, überlege ich, aber mir fallen ums Verrecken keine ein.

Ich lass' mir doch nicht von so einem meinen Geburtstag verderben, sage ich irgendwann laut vor mich hin. Was hatte ich heute noch mal vorgehabt? Ja, richtig. Ich wollte endlich einmal die Eingangstür mit dicken Eichenbrettern vernageln und den Hausflur mit Stacheldraht versperren. Oder einfach zumauern. Oder mit Beton ausgießen. Jedenfalls das Haus so richtig schön dekorieren für die Party heute Abend.

Aber der Tod steht ja noch immer vor der Tür und klingelt, da trau' ich mich nicht in den Hausflur. Ich werde es mir stattdessen im Kleiderschrank gemütlich machen, beschließe ich. Ein schöner, geruhsamer Tag im Kleiderschrank, das ist es, was ich jetzt brauche. Ein Mann in meinem Alter muss sich auch mal eine Auszeit gönnen. Versteckt unter alten Jacken, wo ihn keiner finden kann.

Nach ein paar Stunden hat der Tod aufgehört zu klingeln, ich krieche aus dem Kleiderschrank, tarne mich mit meinem Ficus als Ficus und robbe Richtung Haustür. Vielleicht ist er jetzt weg, denke ich, als ich den Kopf hebe.

Aber der Tod grinst mich fahl an, fährt mit seinem Fingernagel über die Glasscheibe, und ein Geräusch wie von tausend gekratzten Schultafeln erklingt. Klar ist er noch da, der alte Schnitter.

Mir bleibt nur noch eine Möglichkeit. Ich stehe auf, greife nach der Türklinke, doch bevor ich sie zu fassen bekomme, schreie ich laut und vernehmlich »Aargh!«, fasse dahin, wo ich mein Herz vermute, stolpere kunstvoll im Flur herum, sacke in die Knie und hauche mit einem »Es ist nur eine Fleischwunde« würdevoll mein Leben aus.

Ich glaube, ich war sehr überzeugend, denn der Tod hinter der Glastür applaudiert begeistert, und ich stehe blöderweise noch mal auf, um mich zu verbeugen. Das ist ein Reflex, ich kann nix dafür.

Er will nur mal Tach sagen, ruft der Tod von draußen, keine Sorge, es wär' nichts Akutes. Er würde bei allen Leuten meines Alters mal vorstellig werden. Reine Routine, sagt er. Da könnte man sich schon mal kennenlernen und so. Mich als rauchenden Hypochonder müsse das doch interessieren, sagt er.

Ich glaube ihm kein Wort.

»Ich mach' nicht auf«, rufe ich.

»Ich hab' aber ein Geschenk für Sie«, sagt er und zaubert einen wirklich hübsch verpackten Karton unter seinem Umhang hervor.

»Er ist zwar der Tod, aber er hat ein Geschenk für mich«, sage ich zu meinem Hund, »da muss man Prioritäten setzen.«

Der Hund versteht das, er hat ähnliche Prioritäten. Ich schließe die Tür auf.

Kurze Zeit später sitzen wir in der Küche, Freund Hein gratuliert mir zum Geburtstag und zählt Autoren auf, die in meinem Alter schon lange tot waren. Die Kamelien stehen in der Vase und lassen die Köpfe hängen.

»Keine Ahnung, was ich immer falsch mache«, witzelt der Tod und macht weiter Konversation.

»Und wie läuft's beruflich? Schon mal an Selbstmord gedacht?«, fragt er und gießt mir noch einen Schnaps ein.

Man soll jeden Tag einen Liter Schnaps trinken, erklärt er mir freundlich.

»Nee«, sage ich und schiebe den Schnaps zu den sechs anderen, die ich auch nicht getrunken habe.

»Selbstmord lohnt in meinem Alter nicht mehr. Die paar Jahre rauch' ich auch noch weg.«

»Da haben Sie auch wieder Recht. – Zigarette?«, fragt der Tod.

»Och«, sage ich, »keine Lust.«

Ich mag nicht, wenn der Tod zuguckt.

Er packt seine Mustermappe auf den Tisch und klärt mich über die beliebtesten Todesarten in meiner Altersklasse auf.

»Hier haben wir zum Beispiel Erhängen, Ertrinken, Vergiften, Stromschlag und Autounfall«, erklärt er mir und weist auf die großformatigen Fotos. »Schon irgendwas für Sie dabei?«

»Ich trink' jetzt vielleicht doch mal einen kleinen Schnaps«, sage ich leise, weil mir schlecht geworden ist.

»Sie sehen blass aus. Sind sie krank?«, freut sich der Tod und knallt einen neuen Ordner auf den Tisch.

»Da haben wir noch Herzinfarkt, Leberversagen und Lungenkrebs. Wenn Sie mal schauen wollen …«

Ich halte mir die Augen zu, und der Tod meint: »Lassen Sie mal den Kopf nicht hängen. Bestimmt finden wir noch was Hübsches, das zu Ihnen passt.«

Jetzt soll ich ein bisschen über mich erzählen.

»Was essen Sie denn zum Beispiel gerne?«, fragt der Tod.

Ich fange an aufzuzählen, und er nickt begeistert.

»Das hört sich ja super an«, findet der Gevatter und präsentiert einen weiteren Vorschlag, den ich jedoch auch ablehne, weil ich an Überfressen zu sterben eklig finde. Mein Hund dagegen scheint ganz begeistert von der Idee und wedelt wie verrückt.

»Ihr Hund ist übrigens abgelaufen.«, sagt der Tod nach einer Weile, »wenn Sie wollen, kann ich ihn gleich mitnehmen.«

Ich schüttele den Kopf.

»Der ist noch gut. Der riecht immer so«, erkläre ich.

Der Tod schnuppert: »Was so riecht, ist schon lange tot. Ich kenn' mich da aus.«

Eine unangenehme Stille entsteht.

»Haben Sie auch was, wo man nach hundertzwanzig Jahren friedlich in seinem Bett einschläft, nachdem man am Abend vorher noch mal ordentlich feiern war?«, frage ich schließlich, aber der Tod winkt ab.

»Die Leute haben total unrealistische Vorstellungen«, seufzt er.

»Und was ist mit Johannes Heesters, bei dem geht das doch auch?«, triumphiere ich.

»Der hat seine Seele dem Teufel verkauft. Das weiß doch jeder.«

Da hat er auch wieder Recht.

Ich zögere etwas, aber als mir der Tod die Fotos aus der Kollektion »Gewaltverbrechen für gehobene Ansprüche, Medienecho garantiert« zeigt, biete ich meine Seele ebenfalls dem Teufel an.

»Und ich dachte, sie wollten aus eigener Kraft berühmt werden«, meint der Tod pikiert.

»Ja, aber doch nicht als Kannibalenopfer!«, rufe ich entgeistert.

Der Tod zückt sein Handy und ruft den Teufel an. Es wird ein sehr kurzes Gespräch.

»Keine Chance. Der will sie nicht«, sagt mir der Tod klipp und klar. »Der hat schon genug von Ihrer Sorte.«

Ich lasse mir den Teufel geben, und der mault mich an, dass er keine Lust mehr hat, sich ständig den Bocksfuß an irgendwelchen windigen Kreuzungen wundzustehen, nur um die Karrieren zweitklassiger Kleinkünstler zu pushen. Dann legt er auf.

Wir schauen uns lange an, und ich glaube, der Tod hat ein bisschen Mitleid mit mir.

»Ich muss dann auch mal los«, sagt er dann und fragt, ob hier im Haus eine Frau Bennerscheidt wohnt.

»Nee«, sage ich, »die wohnt zwei Straßen weiter« und erkläre ihm den Weg zu dieser Burschenschaft, die neulich die ganze Nacht durch unser Viertel gezogen ist und dabei immer wieder »Finger im Po, Mexiko!« gegrölt hat. Von Mickie Krause hatte ich die Adresse leider nicht.

Das Geschenk, das der Tod mir überreichte, habe ich übrigens noch am selben Abend unausgepackt in die Tonne geworfen. Am nächsten Tag war in der Zeitung zu lesen, dass vier Müllfahrer einen Haufen Geld im Müll gefunden haben. Damit haben sie die Bank in Monte Carlo gesprengt, ganz Südfrankreich auf einen Aperitif eingeladen und einen Privatjet gechartert. Bei dem Versuch, einen Dreierlooping zu fliegen, sind sie über der Südsee abgestürzt. Ein bisschen neidisch bin ich da schon geworden, aber ich hab' ja nächstes Jahr wieder Geburtstag.

Advent

Arbeitslose werden in rote Mäntel gesteckt, bekommen Watte vor den Mund geklebt und müssen in der Fußgängerzone »Ho, ho, ho!« sagen. Sie werden in den warmen Luftschwall vor den Kaufhaustüren gestellt, wo es nach nassen, aber aufgewärmten Mänteln riecht.

Dort müssen sie die Kinder feindselig anstarren. Das heizt den Konsum an, findet die Bundesregierung.

Wenn das nicht reicht, werden auch Bonbons verteilt. Dankbar blicken die Kinder in die von jahrelangen Niederlagen vernichteten Gesichter der Arbeitslosen und wispern: »Au Scheiße, hoffentlich läuft's bei mir besser.«

Die Eltern finden das gut.

»Schau ihn dir genau an, den sauberen Herrn Weihnachtsmann«, sagen sie, damit die Kinder Angst bekommen und sich auch ordentlich anstrengen mit der Rente, die ihre Eltern selber ja nicht geschafft haben, wegen der Selbstverwirklichung von früher.

Die Kinder können dann bis Weihnachten nicht schlafen. Sie können den resignierten Blick und die rotgeäderte Saufnase vom Weihnachtsmann nicht vergessen. Jeden Morgen laufen sie zum Spiegel und schauen nach, ob es bei ihnen auch schon so weit ist, wegen der Vier in Reli und Bio.

Wenn sie Glück haben, fallen die Kinder in der Pubertät den Drogen anheim, die lassen sie den Weihnachtsmann endlich vergessen. Dann studieren sie dreiundzwanzig Semester Kunstgeschichte, scheißen auf die Rente oder machen gar nichts. Aber nicht jeder verträgt Drogen, einige kriegen Allergie und anderen wird schwindelig. Manche sterben auch.

Kinder, die keine Drogen vertragen, müssen Berufe erlernen. Dann sind sie viel wert und werden auf dem Markt verkauft. Die Eltern bekommen von der Bundesregierung Gold, Weihrauch und Rente für das Kind und lassen es sich richtig gut gehen. Das Kind aber muss schuften.

Alle anderen, die wegen der Drogen keinen Beruf erlernen konnten, müssen Weihnachtsmann werden und selber Kinder wegen der Rente ängstigen. Damit sich dieses Weihnachtsprekariat aber nicht unkontrolliert ausbreitet, wird es im Spätsommer eingefangen und in gemütlich beleuchtete Ghettos gepfercht, die von der Polizei bewacht werden.

Auf diesen sogenannten »Weihnachtsmärkten« hausen sie dann in armseligen Hütten aus Wellblech, Kunstschnee und falschem Fachwerk und versuchen ahnungslosen Passanten hässlichen Quatsch, gefälschtes Essen oder gefährliche Drogen anzudrehen, gegen die mit Strychnin und Rattengift gestrecktes Crack wie Beruhigungstee wirkt.

Es handelt sich dabei um den allseits gefürchteten Glühwein. Glühwein wirkt auf den Organismus wie Polonium, schmeckt aber noch fieser und wird aus Nagellack, Kerosin und zerdepperten Weinflaschen gewonnen. Er kann geschnupft, gespritzt oder weggeschüttet werden. Trinken darf man ihn aber unter keinen Umständen, weil er blind, strunzdumm oder sentimental macht und man sofort anfängt, unmotiviert mit der Sachbearbeiterin aus der Rechnungsabteilung herumzuknutschen, obwohl man die noch nie gemocht hat. Die Kollegen machen davon Handyfotos und schicken sie so lange herum, bis sie endlich auch der Ehefrau in die Hände fallen. Dann muss man in eine schäbige Pension ziehen, kommt dort herunter, wird untragbar für die Firma und endet schließlich selbst als Weihnachtsmann.

Irgendwann ist der Advent vorbei. Es wird endlich Weihnachten, und die Oma wird aus dem Heim geholt. An Weihnachten dürfen nämlich auch alte, kranke oder unbeliebte Familienmitglieder einmal am Tisch mitessen. Wer keine mehr hat, bekommt alkoholkranke Obdachlose zugewiesen, die vor jedem Hauptbahnhof eingefangen werden können. Vor dem Essen werden sie gründlich mit klarem Wasser abgewaschen und dann festlich geschmückt.

Abends dürfen die Kinder länger aufbleiben und ihre Weihnachtsgeschenke an den alten Menschen ausprobieren, bis die kaputtgehen. So versucht die Bundesregierung der Seniorenplage Herr zu werden, und auch die Kinder haben viel Spaß. Es ist halt alles sehr klug eingerichtet in der Natur, auch wenn es auf den ersten Blick bisweilen grausam wirkt.

Nikolaus bei Malte

Weil Nikolaus ist, stehen wir im Badezimmer von Maltes Zuhause und gucken nach, ob uns endlich Haare am Sack gewachsen sind. Das machen wir jedes Jahr so.

Malte macht seine Hose auf und zeigt stolz einen kleinen Fellknubbel vor, aus dem vorn ein kleiner, weißer Pimmel ragt.

»Das sind nie und nimmer seine Eier«, sagt Tom und zeigt auf den Puschel zwischen Maltes Beinen.

»Doch«, sagt Malte, aber er hat wieder geschummelt, weil er immer Erster sein will. Bei allem.

Für einen Achtjährigen hat Malte schon eine ziemlich dicke Profilneurose, sagt meine Mutter. Das ist aber kein Wunder, weil Maltes Vater ja auch psychisch krank ist. Er hält sich zum Beispiel für den Nikolaus.

Maltes ganze Familie ist total bescheuert, aber dafür haben sie ein großes Haus mit Garten. Wahrscheinlich als Entschädigung.

»Die Haare sind von deinem Kopf«, sage ich zu Malte, »die hast du bloß drangeklebt.«

»Gar nicht«, sagt Malte, aber ich zeige auf die kahle Stelle an seinem Kopf, und er ist sofort still.

»Malte sieht aus wie ein Mönch mit einem Hamster in der Hose«, meint Tom, der sie auch nicht mehr alle hat, weil Malte ganz klar aussieht wie ein kompletter Vollidiot und nicht wie ein Mönch mit Hamster in der Hose. Aber Tom meint, das wäre dasselbe.

Malte behauptet auf einmal, dass er schon eine Erektion bekommen kann. Das ist aber nur Ablenkung, wette ich.

»Mach mal vor,« sage ich deswegen.

Malte rubbelt an sich herum, aber es klappt natürlich nicht. Es geht nicht, wenn andere zuschauen, sagt er und will, dass wir uns umdrehen. Nach fünf Minuten klopft Maltes Mutter und fragt, was wir da drinnen so lange machen.

»Jetzt muss ich noch mal ganz von vorn anfangen«, schimpft Malte, als sie weg ist.

»Wenn man ganz viel Haarspray drauftut, bleibt er vielleicht von alleine stehen«, sagt Tom.

Malte hält das für eine gute Idee, aber er irrt sich gewaltig und kreischt dann herum. Weil es nämlich beißt, heult er, und ich muss in die Küche rennen, um Eiswürfel zu holen. Wir stopfen Malte Eiswürfel in die Unterhose, und es geht ihm bald besser. Dann ist Nikolaus.

Wir sollen uns alle im Wohnzimmer hinsetzen, und Maltes Mutter befiehlt: »Malte-Schätzchen, warum spielst du uns nicht ein bisschen auf deiner Geige vor.«

Sie fragt, ob wir anderen auch was können, aber unsere Mütter sagen »Nein« und gucken giftig.

Maltes Mutter nickt zufrieden, schubst ihn in die Mitte vom Wohnzimmer und steckt die Geige an seinen Hals. Das Problem aber ist, dass Malte mittlerweile anfängt zu tropfen. Alle starren auf den Fleck zwischen seinen Beinen, aber keiner will es ihm sagen. Maltes Mutter krallt ihre Hände ganz fest in das Sofa, lächelt verkniffen und tut so, als wär' gar nix.

Tom und ich brüllen: »Malte hat in die Hose gepinkelt«, damit seine Mutter ihn da endlich wegholt, aber Malte schreit, dass jemand Eiswürfel in seine

Unterhose gestopft hätte. Die Mütter finden das zu unwahrscheinlich und beschließen, dass sich Malte vor Aufregung nass gemacht hat. Das kann jedem mal passieren, sagen sie, aber es passiert immer nur Malte, und das wissen hier auch alle.

Da kommt Maltes Vater herein, schwenkt ein Glocke und sagt: »Hohoho!« Er hat Watte vor dem Mund, einen roten Bademantel an, und als er den nassen Malte sieht, meint er: »Das wollten wir uns doch endlich mal abgewöhnen, Junge.«

Er stellt sich breitbeinig hin und behauptet, dass er von draußen aus dem Wald kommt, und dann klingelt sein Handy. Es weihnachtet sehr, brüllt er hinein, erklärt seiner Sekretärin umständlich das mit den Lichtern auf den Tannenwipfeln und legt auf. Zu uns sagt er dann, dass wir uns einen neuen Job suchen können, wenn wir noch mal die Vorlagen für Brockmüller verschlampen.

»Hans-Gerd, bitte«, sagt Maltes Mutter, aber er meint: »Jetzt unterbrich mich doch nicht ständig, Veronika«, und sie fängt an zu weinen.

Meine Mutter fragt, ob sie mit den Kindern vielleicht ein bisschen spazieren gehen soll, aber Maltes Vater kriegt sofort einen roten Kopf und schreit, ob das jetzt schon zuviel verlangt ist, wenn alle mal zusammen Nikolaus feiern sollen, und er hätte weiß Gott auch anderes zu tun.

Er wirft den Projektor an, legt Folien auf und geht mit uns noch mal die Weihnachtsgeschichte durch. Bis die richtig sitzt, sagt er. Dann erklärt er, welche Schlüsselqualifikationen der Nikolaus von den Kindern einfordert. Es sind vor allem Mobilität, Kreativität und Flexibilität. Das sollen wir alle laut nachsprechen, aber es klappt nicht, und stattdessen fragt er uns sehr laut, ob wir überhaupt motiviert sind.

Malte brüllt sofort: »Yeah!«, er kennt das nämlich schon.

Tom und ich brüllen auch »Yeah!«, hüpfen auf dem Sofa herum und bekommen den Unterschied zwischen motiviert und hyperaktiv erklärt.

Maltes Vater liest aus einem goldenen Buch vor, was wir so gemacht haben in diesem Jahr. Er teilt bunte Kärtchen aus und fordert, dass wir unsere Stärken und Schwächen aufschreiben.

Tom will wissen, wie man Legasthenie schreibt, aber seine Mutter meint, es reicht, wenn er ADHS hinschreibt. Ich finde heraus, dass ich gar keine Schwächen habe, aber meine Mutter ist dagegen, nimmt mir die Karten weg und erfindet einfach was.

Maltes Vater sammelt die Karten ein, baut eine Flipchart auf und schreibt unsere Stärken in die rechte, die Schwächen in die linke Spalte. Daraus entwickelt er jetzt Challenges für das nächste Jahr, verkündet er.

Weil die Mütter dauernd vorsagen und die Firma noch zweimal anruft, kommt Maltes Vater immer durcheinander, und ich muss nächstes Jahr als Challenge Querflöte lernen und Tom soll seine Kommunikationsstrategie überdenken und das Controlling verbessern. Malte soll insgesamt selbstbewusster werden, sagt er.

Alle nicken und starren Malte an.

Zum Schluß bekommen wir Incentives aus Schokolade geschenkt und ein Führungszeugnis ausgestellt, das Maltes Vater mit NIKOLAUS unterschrieben hat. Wir sollen es beim nächsten Mal unaufgefordert vorlegen, sagt er.

Mein Leben in den Bergen

Ich war ein Kind der Berge. Stundenlang saß ich bewegungslos vor den steilen Hängen der Achttausender, starrte ins blendende Weiß, bis der Schmerz unerträglich wurde oder meine Mutter mich aus dem Laden scheuchte.

Dann ging ich nach draußen und spielte »Die letzten Tage von Robert Falcon Scott«, torkelte schneeblind über den Hinterhof, verabschiedete mich von Ramon, unserem Labrador und aß ihn dann roh.

»Ich muss meine Männer retten«, erklärte ich ihm und biss in seinen Schwanz. Ramon zeigte sich verständnisvoll und leckte mir durchs Gesicht. Trotzdem konnte ich meine Expedition nicht retten und starb blind und röchelnd im Blätterhaufen, bevor die ersten Mittagsgäste kamen.

Das Gebirgspanorama an der Wand hatte uns der Chinese hinterlassen, ein kleiner Mann mit Mondgesicht über einem sehnigen, mageren Körper, den Kopf bespannt mit einer Haut, so glatt und glänzend wie ein gewienerter Apfel. Ich legte meine Hände gerne auf seinen haarlosen Schädel, weil ich schon fast genauso groß war wie er klein und er unter allen Chinesen eben der war, der es an Langmut mit Ramon aufnehmen konnte.

Ich nannte ihn Wu, weil alle Chinesen so heißen mussten. Wu hatte keine Frau und keine Kinder, und ich musste ihn mit niemandem teilen. Ich liebte Wu sehr, wegen seiner samtweichen Kopfhaut und den frittierten

Teigtaschen. Trotzdem ließ ich Ramon nicht allein in seine Nähe.

Wu kannte den Himalaya wie seine Westentasche. Mit langen Fingern wies er mir die Routen. Ich folgte seinem Zeigefinger über breite, verschneite Pässe, durch eisige Gletscherspalten und bis in schwindelerregende Höhen. Wu hatte sein ganzes Leben in der Einsamkeit der eisigen Hölle verbracht, kannte jeden Felsspalt und jede Schneewehe. Er war der beste Bergsteiger, den es je gab, und trotzdem wäre er beinahe dort umgekommen.

»Wir hatten bei einer italienischen Expedition angeheuert«. erzählte Wu. »Sie hatten noch mehr Gepäck als die Amerikaner, die Taschen voller Geld und alle kräftigen Jungen im Dorf als Träger angeheuert. Wir waren noch nicht sonderlich hoch und teilten die Lasten auf. Zwei Drittel der Männer würden hierbleiben und biwakieren. Sie würden als Rettungstrupp gebraucht und hatten ansonsten das Lager in Schuss zu halten. Wir anderen machten uns auf den Weg, die Mutter des Universums zu besuchen, denn so nennen wir den Berg Everest.

Am Khumbu-Bruch, wo das Eis aus dem westlichen Gletscher birst und in haushohen Blöcken zu Tal geht, machten wir Rast, weil die Temperatur gefährlich stieg. Wenn das Eis in Bewegung gerät, ist der Khumbu-Bruch der böseste Ort der Welt. Das Knirschen der Trümmer geht dir durch Mark und Bein, und das Eis stöhnt wie ein Untier aus einer anderen, fernen Zeit. Und obwohl es das Grässlichste ist, was du dein Lebtag gehört hast, so ist es doch, als klänge dahinter heitere

Musik, als singe unter all dem viehischen Brausen und Ächzen ein junges Mädchen zur Melodie einer Pferdekopfgeige. Als müsstest du nur einen großen, beherzten Schritt über das Eis tun, um in den Armen einer mondgesichtigen Schönheit zu landen, mit Augen schwarz wie Feuerstein und Zöpfen, so dick wie ein Yakschweif, und einem Arsch, rund und prall wie ein Ziegenschlauch. Aber davon verstehst du noch nichts.«

Wus Zeigefinger, der eben noch respektvoll den Gletscherbruch umkreist hatte, piekte jetzt in meine Brust.

»Aber hüte dich vor dem Khumbu-Bruch. Es ist ein böser Ort.«

Ich nickte und prägte mir den Ort auf der Fototapete ein.

»So habe ich das auch meinen Männern gesagt, und sie haben genauso genickt wie du, aber die Italiener, die haben nur gelacht. Das Eis knarzte ununterbrochen und immer lauter sang das Mädchen, und am Mittag des zweiten Tages brachen die Italiener auf.«

»Und keiner ist zurückgekehrt?«, fragte ich.

»Keiner«, bekräftigte Wu und schaute mich lange an. So endeten seine Geschichten immer.

Doch diesmal erzählte er weiter.

»Sie haben ihnen Geld geboten. Bündelweise Dollarscheine, für jeden eine ganze Faust voll. Und gelacht haben sie wie kleine Jungen, die ihrem Papierschiffchen auf einem Gebirgsbach folgen. Für die Italiener gab es keine Gefahr, nichts Dunkles, nur ein Feld voller Eis und Schnee, in das sie ihre Lieder und ihre Eispickel schmettern konnten. Sie sind alle mitgegangen. Meine beiden Söhne auch.«

Wu legte mir seine Hände auf die Schultern.

»Drei Tage und Nächte habe ich gewartet und gebetet, meine Ahnen und alle Götter verflucht, gezittert und gehofft, bis die Temperatur endlich fiel. Sieben Tage und sieben Nächte wanderte ich durch den Bruch, aß jeden Tag nur einen kleinen Streifen Yakfleisch und schmolz Eis, damit ich trinken konnte. Ich umlief jeden Eisblock, durchwanderte jede Höhle und rief in jeden Spalt hinein, aber das Eis hatte sie genommen.«

Wu nahm zwei Eiswürfel aus dem Fach und drückte sie mir in die Hand, dann hieß er sie mich auf die glatte Theke legen und vorsichtig antippen.

»Die Blöcke sind dort hoch wie die Häuser in den großen Städten, aber ein Kind könnte sie bewegen, wenn die Temperaturen steigen, denn sie gleiten auf einem dünnen Wasserfilm.«

Ich ließ die beiden Würfel gegeneinander krachen.

»So sind sie zermalmt worden«, wisperte Wu. »Begraben unter Tonnen von grauem Eis aus der Vorzeit.«

Er stieß zischend seine Atemluft aus.

»Das Eis hat kein Mitleid, die Wärme der Herzen bringt es nicht zum Schmelzen, und Lieder können es nicht sprengen. Ich beschloss, in den tiefsten Spalt zu steigen und auf den Tod zu warten. Ich legte meine Kleider ab, weil wir so gehen sollen, wie wir gekommen sind, streckte mich und reckte den Kopf zum Himmel, weil wir zwar kriechend kommen müssen, aber aufrecht wieder gehen sollen, und dann begann ich den Tod meiner Söhne zu beklagen und meinen eigenen, weil wir zwar stumm kommen müssen, aber wenn wir gehen, soll wenigstens das Echo unserer Stimme von den Berghängen schallen. Und so brüllte ich und klagte, bis das Eis in meine Lungen gekrochen war und mich verstummen ließ und der Tod mich gefunden hatte.«

»Aber du bist nicht gestorben!«

»Natürlich nicht, naseweises Kind. Ein Yeti hat mich gerettet. Aber das erzähle ich dir ein anderes Mal. Geh' jetzt und denke über meine Worte nach.«

Wenige Wochen später zog Wu in eine andere Stadt und wurde vom Bus überfahren, ohne dass er mir vom Yeti erzählt hatte. Ich dachte viel über seine Worte nach, fand aber keinen Sinn darin. Erst als ich die Katze unserer Nachbarn dabei beobachtete, wie sie eine Maus entkommen ließ, um sie ein ums andere Mal wieder einzufangen, begann ich zu verstehen. Ich stellte an diesem Nachmittag einige Regeln auf, die mein Leben bestimmen sollten.

1. Nur weil man keine Katze sein kann, muss man sich nicht wie eine Maus benehmen.
2. Yetis gibt es wirklich, aber man darf sich nicht auf sie verlassen.
3. Hüte dich vor dem Khumbu-Bruch.
4. Stirb nicht.

Meine Eltern übernahmen das Restaurant, verkauften die Porzellanlöwen, die Lampions aus Seidenpapier, die bemalten Wandschirme und das blau-weiße Geschirr mit den eingelassenen Reiskörnern. Die Fototapete aber blieb. Sie war da, als meine Mutter die Messinglampen aus der alten Kneipe meines Onkels heraufholte, während mein Vater mit einem Schraubenzieher in einem vielfarbigen elektrischen Schlangennest fummelte, bis er gebissen wurde, vom Stuhl fiel und meine Mutter einen Krankenwagen und einen Elektriker bestellen musste. Ich bestieg derweil den Anapurna, und mein Vater schüttelte den Kopf, als er hinausgetragen wurde.

Die Fototapete blieb, und sie war da, als mein Vater Hirschgeweihe an die Wände hängte und meine Mutter mit geschlossenen Augen die Nägel hielt, weil mein Vater den linken Arm im Gips trug. Meine Mutter hatte Schmuckteller mit Jagdmotiven bestellt, bis mein Vater die Rechnungen gesehen hatte. Obwohl er Briefe schrieb, mussten sie die meisten behalten, und meine Mutter war stolz und zeigte sie jedem. Mein Vater verbrachte einen ganzen Abend am Küchentisch, bis er ein diebstahlsicheres System für die Teller ausgeklügelt hatte. Wie jeder gute Gastwirt betrachtete er seine Gäste vor allem als Feinde.

Als meine Eltern den Sekt öffneten, mein Onkel Willi die Zapfanlage einweihte und Tanten, die ich nie auseinanderhalten konnte, den Männern Kuchenstücke reichten, war ich der erste Mensch, der alle Achttausender im Alleingang bestiegen hatte.

Ich war ein folgsames Kind, und als mein Vater erklärte, dass das Restaurant eben nicht mehr »Shangrila«, sondern »Alpenstube« heißen und es sich schon deswegen bei dem Gebirgspanorama um die Alpen handeln musste, setzte ich mich noch vor dem Abendbrot hin und lernte die Namen der neuen Gipfel auswendig. Sie waren keine Achttausender, aber einige von ihnen waren brandgefährlich. Besonders die Eigernordwand.

Als ich eingeschult wurde, hatte ich auch die Gipfel der Alpen im Alleingang bestiegen.

Meine Schulzeit verlief ereignislos, allerdings lernte ich Lesen und Schreiben. Deswegen werde ich mich hüten, schlecht von der Schule zu reden. Nur so viel: Man lernt mehr, wenn man einige Jahre vor einer Fototapete verbringt und ab und zu einen Chinesen um Rat fragt.

Die »Alpenstube« lief gut. Meine Mutter machte ausgezeichnete Frikadellen, und mein Vater hatte ein einzigartiges System der Kundenbindung entwickelt: Er goss Wasser ins Bier.

Das Bier wurde bei uns in halben oder ganzen Maßkrügen ausgeschenkt, mein Vater stand hinter dem Zapfhahn, die Deckel der einzelnen Tische an die Rückseite des Tresen gepinnt. Nach der vierten Halbe pro Kopf begann er Wasser unter das Bier zu mengen und ein geübter Zecher, der es wohl auf fünfzehn Halbe bringen mochte, bekam schließlich mehr Wasser als Bier serviert.

Der Erfolg ließ nicht lange auf sich warten: Der Bierpreis sank, und die Trinker tönten herum, dass sie nach fünfzehn Halben in der »Alpenstube« mit weit weniger Kopfschmerzen aufwachten als nach derselben Menge im »Gleisdreieck«. Das »Gleisdreieck« lag einmal quer über die Straße und dann ums Eck und gehörte einem Türken, von dem mein Vater öffentlich behauptete, er mische Wasser ins Bier. Jedenfalls wurde die »Alpenstube« allenthalben wegen ihres bekömmlichen Bieres gerühmt.

Betrunken wurden die Leute aber trotzdem, und meine Mutter verbot, dass ich abends im Lokal saß. Allerdings hatte sie in der Küche zu tun und sah nicht, wenn ich im Lokal war.

Die Betrunkenen kritzelten Zeichnungen auf meine Landschaft. Ich ließ sie gewähren, denn ich hatte ja alle Gipfel bezwungen und konnte das Gebirge nun großmütig anderen überlassen. Bald waren die Berge bedeckt von kletternden Strichmännchen, die unentwegt kopulierten.

Ich lernte, dass Frauen – erkennbar an langen Haaren und ballongroßen Brüsten – gerne auf steil abfallenden Bergrücken ritten oder breitbeinig auf den Spitzen der Berge thronten, während Männer sich gegenseitig die Pimmel in den Hintern steckten, wenn sie im Hochgebirge unterwegs waren. Auch Gebirgsziegen gab es.

Die Begeisterung der Betrunkenen für das Bergsteigen verwirrte mich nicht wenig, und ich sann lange über die Bedeutung ihrer Zeichnungen nach und sah – wie immer, wenn es etwas zu überlegen galt – der Katze unserer Nachbarn zu.

Sie rollte in der Frühlingssonne herum, sprang aufgeregt die Mauer auf und ab und ließ immer wieder sehnsuchtsvolle Laute vernehmen, die von kurzen und spitzen Klagelauten durchbrochen wurden. Derart schrie die braun-weiß-gescheckte Katze, bis Anatol, der Kater aus dem »Gleisdreieck«, herangesprungen kam: Anatol, der graue, misstrauische Kater, der sich nicht berühren ließ, der das Nachbargrundstück mied, der überhaupt alle mied, außer den Wirt vom »Gleisdreieck«. Genau dieser Anatol fuhrwerkte jetzt wie ein Mähdrescher in der Blumenrabatte der Nachbarn herum, dass die Astern flogen, umkreiste die Katze und stieß seine seltsamen Katzenlaute aus, sang ein anschwellendes Lied von Gewalt und Versprechungen, bis der Schrubber ihn am Kopf traf.

Anatol klatschte gegen die Hauswand, fiel auf die Füße, fauchte laut den Nachbarn an und war mit einem Satz verschwunden.

Ich verstand. Das also hatte es mit der Stimme aus dem Khumbu-Bruch auf sich. Im nächsten Moment saß Wu auf der Mauer, und die Sonnenstrahlen prasselten auf seine Glatze. Er schien beleidigt zu sein.

»Naseweises Kind. Es ist nicht die Stimme, es ist der Khumbu-Bruch, der dir Angst machen sollte. Aber wann immer du der Stimme folgst, folge ihr behutsam.«

Ich verstand nicht so ganz, aber Wu ließ sich rückwärts von der Mauer fallen und war verschwunden. Die Katze sah mich an und schüttelte den Kopf. Ich nahm mein Notizblöckchen aus der Tasche, denn ich hatte die Regeln aufgeschrieben und trug sie immer mit mir herum.

»Hüte dich vor dem Khumbu-Bruch«, las ich und setzte dann einen Zusatz dazu: »Aber geh trotzdem hin.«

Jetzt klang die dritte Regel schon besser, ganz sicher war ich mir aber nicht.

Die Zeichnungen der Betrunkenen machten mir immer mehr zu schaffen. Ich bekam sie nicht mehr aus dem Kopf. Sie krochen in meine Träume, bemächtigten sich meiner Spiele und veränderten mein Interesse an der Bergsteigerei. Jetzt nahmen auch Frauen an den

Expeditionen teil, wir mussten uns nachts in ein einziges Zelt drängen, weil wir sonst erfrieren würden, und so lag ich zwischen die großen, weichen Leiber der Frauen gepresst und wagte nicht auszuatmen, bis es mir schließlich kam. Und immer sang das Mädchen aus dem Khumbu-Bruch in meinem Kopf herum. Es gab Tage, da hasste ich die Zeichnungen.

Trotzdem war ich gern mit den Betrunkenen zusammen. Sie machten fortwährend Späße und waren dankbar, wenn ich darüber lachte. Allerdings klauten sie die Teller von der Wand.

Weil aber meine Eltern vom Geld der Betrunkenen lebten, beschlossen sie, einen Aufpasser zu suchen. Meine Mutter stellte ihn ein.

»Das ist Hans«, stellte sie ihn vor. Ich sagte »Guten Tag«, und Hans drückte meine Hand.

Hans war der größte Mensch, den ich je gesehen hatte. Größer als Onkel Willi und viel behaarter. Er hatte dicke schwarze Haare, von den Handgelenken bis zu den Oberarmen. Auf dem Kopf hatte er dunkelbraunes Fell, im Gesicht schwarze Stoppeln.

»Yetis gibt es wirklich,« rief ich mir in Erinnerung »aber man darf sich nicht auf sie verlassen.«

»Hans wird uns abends im Laden helfen.«

Meine Mutter sagte immer »Laden«, nie sagte sie »Kneipe« oder »Alpenstube«.

Ich setzte mich wieder hinter meinen Teller, aß weiter und blätterte mit spitzen Fingern die Schulbücher um, damit ich wenigstens behaupten konnte, ich hätte versucht, keine Fettflecken zu hinterlassen. Allerdings gab es Brathähnchen.

Neben meinem linken Arm, an den unteren Ausläufern des Hörnligrats, unterhalb der Nordwand des Matterhorns, hatte ich gerade eine neue Figurengruppe entdeckt und versuchte, sie aus den Augenwinkeln zu betrachten, weil meine Mutter nicht wollte, dass ich die Figuren anschaute. Dabei waren sie überall.

»Guck da nicht immer so hin«, sagte meine Mutter immer.

Jetzt wieder. »Guck da nicht immer so hin.«

Zwei Männer knieten um eine Frau herum, die war auf allen Vieren.

»Ich hab gesagt, du sollst da nicht immer so hingucken.«

Die Frau hatte das Glied des vorderen Mannes im Mund und in ihrer Scheide steckte das des hinteren Mannes. Wir sollten diese Worte: »Glied« und »Scheide« benutzen. Nicht etwa »Pimmel«. Und »Fotze« war ganz verboten.

»Jetzt iss auf und mach deine Aufgaben.«

Neben der Dreiergruppe war eine Frau abgebildet, die eine Hand in sich versenkt hatte. Darunter stand eine Telefonnummer.

»Himmeldonnerwetternochmal!«

Jetzt musste ich dringend woanders hingucken, deswegen schaute ich Hans an.

»Ja, ja, der Berg ruft«, meinte Hans, und ich erschauderte.

Hans wusste also von den Stimmen aus dem Khumbu-Bruch. Erschrocken starrte ich ihn an. Aber er grinste nur, nickte mir aufmunternd zu und fragte nach der Schule.

Es gehe gut, sagte ich mit Nachdruck, die Schule mache Spaß, die Lehrer seien nett, und ich hätte auch Freunde gefunden.

Meine Mutter beruhigte sich und begann, in der Küche mit Töpfen zu klappern. Ich legte mein Besteck zur Seite und aß mit der Hand weiter.

Hans setzte sich mir gegenüber und sah mich lange und ernst an.

»Deine Mutter«, flüsterte er »ist eine begehrenswerte Frau. Ich werde sie erobern, und sie wird mit mir gehen. Nimm das nicht persönlich.«

Verunsichert aß ich mein Hähnchen auf.

Seit diesem Gespräch verbrachte ich meine Tage in der Küche und saß auf dem Hackblock herum. Mein Verhalten verunsicherte meine Mutter so sehr, dass sie mich nicht einmal vom Hackblock verscheuchte, obwohl sitzen dort verboten war.

Abends stand mein Vater hinter der Theke und verwässerte das Bier, während Hans im Gastraum kellnerte und auf die verbliebenen Schmuckteller an den Wänden aufpasste. Neue Zeichnungen kamen jetzt kaum mehr dazu.

Hans mache seine Sache gut, sagte mein Vater und freundete sich mit ihm an. Er wollte, dass wir zu dritt etwas unternähmen. Nur wir Männer, sagte er und dass wir angeln gehen könnten. Und Fußballspielen.

»Ich bin Bergsteiger«, erwiderte ich und verschwand in die Küche. Mein Vater schüttelte den Kopf.

Man müsse Verständnis für mich haben, meinte Hans, es wäre halt alles neu für mich, vor allem, dass er, Hans, jetzt bei uns wohnen würde. Da sei es doch nur natürlich, dass ich ihn als Konkurrenten betrachte, aber das würde sich legen.

Hans schlief im Gästezimmer, ging aber auf dasselbe Klo wie wir. Ich beobachtete ihn aus den Augenwinkeln, so wie die Zeichnungen, wenn meine Mutter im Gastraum war. Ramon ließ ich nicht in seine Nähe, ich wollte nicht, dass er sich anfreundete.

Als mein Vater angeln ging, zündete Hans die Kerzen an und kochte mein Lieblingsessen. Wir aßen später als sonst, und ich sollte danach ins Bett. Stattdessen hockte ich mich aber in den Besenschrank unter der Theke, weil es dort ein Astloch gab. Ich durfte nur nicht zu laut atmen.

Hans und meine Mutter saßen an Tisch fünf, tranken Wein, und meine Mutter redete. Hauptsächlich von den Betrunkenen, vom Geld und von der Arbeit in der Küche. Diesmal sagte sie nicht »Laden«, sie sagte »Kneipe«, manchmal sogar »Scheißkneipe«.

Hans nickte und streichelte ihre Hand. Sie redeten, bis ich einschlief.

Als ich wieder aufwachte, saß Wu mit im Besenschrank.

»Ich habe dir nie vom Yeti erzählt«, begann er. »Er war größer als jeder Mensch, mit drahtigem Haar an Armen und Beinen und einem dunkelbraunen Fell auf dem Rücken und auf dem Kopf. Ich hatte bis dahin nie einen Yeti zu Gesicht bekommen, und die Leute sagen, wenn du einem Yeti begegnest, wird er dein Leben umkrempeln, ob es dir gefällt oder nicht. Sie meinen es nicht böse, die Yetis sind einfach so. Sie poltern in dein Leben und reißen dich herum, wie es ihnen gefällt.

Manchmal landest du im Guten, manchmal im Schlechten. Für mich war es ein Glück, denn ich war schon im Schlechten, und der Yeti führte mich hierher, und ich lernte, mit dem Schmerz zu leben. Außerdem lernte ich endlich kochen.«

»Ach so«, sagte ich.

»Ja, so war das«, sagte Wu und kletterte aus dem Schrank.

Ich zeigte ihm mein Notizblöckchen.

»Du hast über meine Geschichten nachgedacht, sehe ich.«

»Ja, aber ich weiß nicht, ob vier Regeln für ein ganzes Leben reichen.«

Wu dachte nach.

»Lern kochen«, sagte er und verschwand.

Ich schlich zur Treppe. Aus der Küche drangen Geräusche, meine Mutter und Hans waren also noch hier unten. Auf Zehenspitzen tänzelte ich an der angelehnten Tür vorbei.

Meine Mutter hatte sich über den Hackblock gebeugt. Ihre Hände umfassten fest die Kante, als ob sie gleich mit einem Satz hinüberspringen wollte. Hans stand hinter ihr und küsste ihren Hals. Sein dunkelbraunes Fell kitzelte in ihrer Nase, und sie strich es mit der Hand zurück. Hans hob den Rock hoch und zog an ihrer Unterhose, dann umfasste er ihre Hüften, und sie fickten. So hieß das Wort, dass wir nicht benutzen sollten.

Leise stieg ich die Treppen hinauf und schlüpfte ins Bett, und bevor ich einschlief hörte ich noch, wie die Eingangstür von außen aufgeschlossen wurde.

Und so endete mein Leben in den Bergen.

Der alte Pöltner stirbt
Ein Volksstück im alpenländischen Stil

»Ein Bauer bin ich, nichts denn ein Bauer.«
G. Hauptmann, »Florian Geyer«

Pöltner: Nimm meine Hände, Schorsch.

Schorsch: Ja, Vater.

Pöltner: Spürst du das, Bub? Hände wie alte Borke. Mit den eigenen Händen den Hof bauen, das Torf stechen, das ist es, was einen Mann ausmacht.

Schorsch *(irritiert):* Ja, Vater.

Pöltner: Ödland war das. So weit du schauen konntest. Ödland und harte Arbeit. Der Mutter hat's das Herz zerrissen, sie ist halt nie eine echte Bäuerin worden.

Schorsch: Vater, ich muss etwas sagen.

Pöltner: Den Bauern hat man im Blute, oder man hat ihn nicht. Bub, meine Stunden sind gezählt …

Schorsch: Vater, du bist kein Bauer.

Pöltner *(trotzig):* Doch, das bin ich. Mit der Scholle fest verwachsen, ein Mann der Erde. Und zur Erde kehre ich zurück.

Schorsch: Vater, du bist Kreativdirektor einer großen Agentur, hast dich von Mutter wegen einer Freundin scheiden lassen, die jünger ist als deine Tochter, fährst einen albernen kleinen Sportwagen, der ständig kaputt ist und deine Bandscheiben ruiniert, deine letzten beiden Kampagnen waren Flops, und jetzt heulst du mir die Ohren voll mit diesem Bauernscheiß. Die Kinder sind schon ganz durcheinander.

Pöltner *(irritiert):* Kinder?

Schorsch: Die Kinder. Meine Kinder! Die, die du den Nachbarn als Knechte verkaufen wolltest.

Pöltner: Du musst hart sein mein Sohn, hart zu dir und den deinen. Den Winter, den werden sie hier nicht überstehen.

Schorsch: Im Winter sind sie bei ihrer Mutter. In Florida. Golfspielen.

Pöltner: Die Kinder! Auswanderer! Weil der Bub sie nicht ernähren kann. Was ist nur aus dem Pöltnerhof worden?

Schorsch: Ich halt's nimmer aus.

Es klingelt. Schorsch öffnet die Tür. Ein braungebrannter Herr in den besten Jahren schwirrt alert herein, angetan mit einem hellen Leinenanzug und rehbraunen italienischen Slippern. Auf dem Kopf trägt er allerdings eine schwarze, troddelbesetzte Tiara.

Pöltner *(erfreut):* Ah, der Herr Prälat Hopfimoser.

Schorsch: Oh, Gott!

Hopfimoser: Küss die Hand, Herr Bauer.

Pöltner: Mein Bub. *(fuchtelt unwirsch mit den Händen und zeigt auf Schorsch)* Mein Bub ist eine Flasche.

Hopfimoser *(versonnen):* Ein Flascherl. Das könnt' ich auch gut brauchen. Heiß ist's worden, und ich hab' heut die Kuh vom Bauern Schimpfli nottaufen müssen. *(an Pöltner gewandt)* Sie hatte sich bös den Fuß verstaucht.

Pöltner *(interessiert):* Das arme Tier.

Schorsch: Kühe werden nicht getauft.

Hopfimoser: Es war ja auch nur eine Nottaufe.

Schorsch: Auch nicht notgetauft.

Pöltner: Da siehst du's, Prälat. Alles weiß er besser. Aber ein Bauer will er partout nicht sein.

Hopfimoser: 's ist schon ein Kreuz mit der Jugend. Meine Tochter, zum Beispiel …

Schorsch: Jetzt hab' ich dich, du falscher Hase. Geistliche haben keine Kinder!

Hopfimoser: Doch, mein Sohn. Haben sie.

Schorsch: Haben sie nicht.

Hopfimoser: Ach, Schorsch, ich will nicht streiten. Sei so gut und hol dem lieben Onkel Prälaten einen Schoppen Wein …

Pöltner: … und zwei Doppelwacholder.

Schorsch geht fluchend ab.

Hopfimoser: Meine Tochter also. Ein fesches Luder. Sie ist jetzt so eine Dings, eine … Kruzifixnocheinmal, wie heißt jetzt das? Wo man den ganzen Tag im Kloster sitzt und diese Dinger runterleiert.

Pöltner: Sennerin!

Hopfimoser: Nein, das andere. Jedenfalls macht sie da eine Ausbildung, damit sie mal die Kirche übernehmen kann, wenn der Herrgott mich zu sich ruft.

Pöltner: Der kluge Mann baut vor.

Hopfimoser *(ärgerlich):* Ja, ja. Aber sie will nicht. Meine Kirche ist ihr wohl nicht gut genug. Dabei haben wir sogar so ein Tastendings und diese kleinen Jungs, die das Geld einsammeln und den Aufguss machen. Sogar mit Kräutern.

Pöltner: Undankbar sind sie. So eine schöne Kirche und jeden Sonntag ausverkauft.

Hopfimoser: Die Jugend hat ihren eigenen Kopf.

Stille. Die beiden Männer schauen betreten zu Boden.

Pöltner: Prälat Hopfimoser, es geht zu Ende mit mir Ich brauche geistlichen Beistand.

Hopfimoser *(besorgt):* Wir sollten jemanden rufen. Leichen sind kein schöner Anblick.

Pöltner: Unsinn, Prälat Hopfimoser. Du musst mir die letzte Ölung geben.

Hopfimoser: Ölung? Nicht lieber Gesichtscreme?

Pöltner: Du musst mich mit geweihtem Öl besprenkeln und was Geistliches sagen, erst dann kann ich in Ruhe sterben.

Hopfimoser: Igitt.

Pöltner: Hab' dich nicht so, Prälat. Fang schon an. Ich will tot sein, bevor Schorsch wiederkommt. *(feixend)* Der wird sich ärgern.

Hopfimoser: Ich hab' aber kein Öl.

Pöltner: Wenn ein Sterbender um einen Besuch bittet, bringst du gefälligst Öl mit, du pontifikaler Rohrkrepierer.

Prälat Hopfimoser geht ab. Schorsch kommt mit einem Tablett herein.

Schorsch: Wo ist der Dings? Ist er endlich weg?
Pöltner: Prälat Hopfimoser? Der ist Öl holen. Ich wollte längst tot sein.
Schorsch: Vater! Erstens: Du stirbst nicht. Zweitens: Du bist kein Bauer. Drittens: Prälat Hopfimoser ist kein Prälat.
Pöltner: Meinst Du?
Schorsch: Ja, verdammt.
Pöltner: Was ist er denn dann? Dechant? Prädikant?
Schorsch: Er ist Galerist im Westend.

Prälat Hopfimoser tritt auf, in der Hand eine Schüssel.

Hopfimoser: Ich verbitte mir das. Selbstverständlich bin ich Prälat. Sonst hätte ich ja keine Streifen auf der Mütze.
Schorsch *(triumphierend):* Da sind aber keine Streifen.
Hopfimoser: Dann halt eben Bommel.
Pöltner: Jawohl, einen Bommel hat er.
Hopfimoser: Na, also. Kann ich jetzt ölen?
Pöltner: Nur zu. Beeil Dich. Ich bin schon ganz morbid.

Hopfimoser ölt den Kranken ein.

Hopfimoser: Ego nunc te absolvo, cum olio et cepa et spiritus sanctus … und jetzt ganz vorsichtig unterheben.

Pöltner *(schreit):* Herrgottsakrament! Was in Dreiteufelsnamen ist denn das?

Hopfimoser: Zwiebelchen-und-Kräuter-Vinaigrette. Eigenes Rezept.

Pöltner: Und das schüttest du mir über den Kopf?

Hopfimoser: In Ewigkeit, Amen. – Pöltner, hau rein. Du bist geölt wie der Blitz.

Pöltner: Ich werde keinesfalls als gemischter Salat sterben.

Hopfimoser: Nie kann man's den Leuten recht machen. Prälat ist wirklich das allerletzte.

Schorsch *(am Telefon):* Hallo, Feuerwehr? Mein Vater spinnt. Er hält sich für einen sterbenden Bauern und lässt sich von einem Galeristen mit Salatsoße begießen. Kommen Sie schnell. Balthasar-Neumann-Straße 19, im zweiten Stock, bei Pöltner klingeln … – Wie, geht nicht? Erst im April wieder? Was soll das heißen, der Pöltnerhof ist im Winter nicht erreichbar? Welcher Pass? Wir sind in Frankfurt! – Aufgelegt. Arschloch!

Das Prinzip der Gewaltlosigkeit

Für die politischen Gefangenen dieser Welt sah es extrem schlecht aus: Unser Tapeziertisch ließ sich nicht aufbauen. Irgendwo hakte eine Schraube, oder ein Bein war verbogen. Jedenfalls bekamen wir den zu einem flachen Koffer zusammengeklappten Tisch nicht auseinander. Jetzt mussten die politischen Gefangenen dieser Welt ihre letzten Hoffnungen in Gisbert setzen, in ihn und seine engelsgleiche Geduld, die ihn auch jetzt noch im Nieselregen ausharren ließ, während wir unser Basislager längst ins Stehcafé verlegt hatten.

»Hätte ich einen Schirm, so hülfe ich ihm«, demonstrierte Klaus seine aufrechte Gesinnung sowie den korrekten Gebrauch des Konjunktivs.

Dann berichtete er weiter von seinen schlimmsten Schulerlebnissen.

»Schule ist auch Folter«, behauptete er, »und Realschule ist Mord.«

Seinen Schülern gab Klaus die Namen von Diktatoren. Pol Pot habe ihm mehrfach die Reifen zerstochen, erinnerte er sich, und Bokassa habe ihn gar einmal während des Unterrichts »Fotze« genannt, worin Saddam Hussein und Papa Doc Duvalier eingestimmt hätten. Da habe er sie vor die Tür setzen wollen, in dieser Machtprobe aber den Kürzeren gezogen, worauf er sich endgültig dienstunfähig habe schreiben lassen.

»Ich glaube, Gisbert gibt gerade das Prinzip der Gewaltlosigkeit auf«, sagte Klaus jetzt und blickte durch die beschlagene Scheibe.

Tatsächlich. Gisberts stets freundliche Gesichtszüge waren zu einer Fratze des Hasses verzerrt. Er tobte und schrie wie die autonomen Unterstützer Mumia Abu Jamals, wenn sie mal wieder eingekesselt worden waren, und in der Tat beschimpfte er unseren Tapeziertisch als Faschist. Dann trat er mit einer Wucht gegen den Klapptisch, die ihm keiner von uns zugetraut hatte.

Im nächsten Moment geschahen drei Dinge gleichzeitig: Der Tapeziertisch gab seine Blockadepolitik auf und öffnete sich. Der zynische und menschenverachtende Nieselregen stoppte abrupt, und durch die dunkle Gewaltherrschaft der Regenwolken schnitt, dem Schwert der Freiheit gleich, ein Sonnenstrahl, der die bisher eher triste Szenerie in lichte Heiterkeit tauchte. Darein schritt sie. Sie, um deretwillen ich alle Mühen und Plackerei des politischen Engagements auf mich genommen hatte. Sie, deren liebliches Auge die Güte fand, über die Mühseligen und Beladenen in allen politischen Knästen dieser Welt zu wachen. Sie, die schönste Gutfrau dieser Welt, Sonja Timmermans, trat auf den Platz, schwebte zum schafigen Gisbert und bedachte den Nichtswürdigen mit wohlwollenden Worten.

Dann bauten sie unseren Tapeziertisch auf. Gemeinsam. Sonja Timmermans und der tumbe Gisbert. Dabei hätte ich an seiner Stelle sein sollen. Mir gebührte es, mit Sonja Timmermans den Kampf um eine gerechtere und bessere Welt aufzunehmen. An meiner Seite sollte Sonja Timmermans mit blankem Busen über die schwelenden Barrikaden steigen, die Fahne der Freiheit in ihren Händen, während ich mich schwerverletzt, aber von grimmigem Kampfesmut beseelt, dem Despoten entgegenwerfen und ihn niederringen würde. Und so wäre es auch gewesen, wenn es nicht so genieselt hätte.

»Jetzt sind wir fertig«, begrüßte mich Sonja kühl.

»Ich musste noch an der Rede arbeiten«, log ich.

»Wir verteilen heute doch nur Flugis.«

»Äh, ja«, improvisierte ich, »die Rede ist für heute Abend. Für die Versammlung, äh, kirgisischer Dissidenten.«

Was erzählte ich denn da?

Egal. Ich sah mich in einem verrauchten Hinterzimmer stehen. Ernste, kampferprobte Männer in prächtig bunten Gewändern umlagerten würdevoll den Tisch und stießen mit den Schäften ihrer Kalaschnikoffs zustimmend gegen die Tischplatte, während ich zu ihnen sprach. Feucht schimmerten ihre Augen, als ich sie in hehren Worten für die Gewaltlosigkeit zu gewinnen suchte. Als ich geendet hatte, stand ihr Führer auf und umarmte mich. Dann schworen sie dem bewaffneten Kampf ab, übergaben mir ihre Waffen, und Sonja sah bewundernd zu mir auf.

»Ich habe es für dich getan, Sonja«, wisperte ich, »für dich und unsere Kinder.«

Sonja machte große Augen.

»Was?«

»Ach nix.«

»Ich weiß ja gar nichts von dem Treffen«, beklagte sie sich. »Da gab's aber kein Plenum für, oder?«

»Nee, es ist gewissermaßen ein Geheimtreffen, konspirativ.«

Sonja musterte mich misstrauisch.

»Wir werden beobachtet«, verkündete ich raunend. »Wir haben einen Maulwurf in unserer Organisation.«

Gisbert gesellte sich zu uns. Umständlich putzte er seine beschlagene Brille und kniepte uns aus verschwiemelten, rotgeränderten Augen an. Ich legte den Finger an die Lippen und sagte zu Sonja gewandt: »Wir müssen sehr vorsichtig sein.«

»Nee, der hält jetzt«, antwortete Gisbert und patschte mit der flachen Hand auf den Tapeziertisch. Knieend nestelte er an einem Betttuch herum und zeigte der ungerechten Welt sein Maurerdekolleté, dann befestigte er das Tuch an der Frontseite des Tisches. »Tag der Folter« stand darauf.

Klaus hatte den Rotstift gezückt und korrigierte Flugblätter, sie erhielten die Note »gerade noch ausreichend«.

Als wir unseren Stand aufgebaut hatten, begann es wieder zu nieseln, und Sonja beschloss, die umliegenden Schuhgeschäfte für die noble Sache der Menschenrechte zu agitieren. Gisbert lud mich ein, seinen Bundeswehrponcho mit ihm zu teilen. Gemeinsam harrten wir in dieser olfaktorischen Vorhölle aus nassem Schaf und Militaristenmuff der Kundschaft und hielten unsere korrigierten Flugblätter in den Regen.

»Sag mal, Gisbert, du kennst dich doch aus. Was kannst du mir zur Menschenrechtslage in Kirgistan erzählen?«

»Es heißt korrekt: Kirgisistan«, belehrte mich Gisbert. »Oder kirgisische Republik.«

Dann öffneten sich die Schleusen seines beträchtlichen Wissens zusammen mit denen des Himmels, und Gisbert weihte mich in die Ränke und Skandale kirgisischer Politik ein, während ein Platzregen die Welt durchweichte wie ein stehengelassenes Müsli.

»Wenn dir die Sache der unterdrückten Minderheiten Kirgisistans wirklich am Herzen liegt, komm heute Abend um 21 Uhr ins ›Dreams‹. Bitte iss diese Nachricht sofort auf, sie darf auf keinen Fall in falsche Hände geraten«, hatte ich auf die Rückseite eines trockenen Flugblattes geschrieben. Heimlich steckte ich es Sonja zu, als sie, beladen mit den Früchten ihrer Aufklärungskampagne, zu unserem Stand zurückkehrte. Sie würdigte mich keines Blickes und musterte kopfschüttelnd unseren Stand. Die rote Farbe auf dem Bettlaken war nicht wasserfest gewesen, und der Schriftzug erinnerte mittlerweile an eine Einladung zu einem Splatterfilmfest. In niedergeschlagener Schweigsamkeit bauten wir unseren Stand ab.

»Wir treffen uns nächste Woche wieder hier«, verabschiedete uns Gisbert, »aber bitte seid diesmal pünktlich.«

Als Sonja anmutig ihr tigerentengestreiftes Fahrrad bestieg, entdeckte ich, dass sie mit angewidertem Gesichtsausdruck auf etwas herumkaute. Jetzt gab es kein Zurück mehr. Sie hatte das Flugblatt mit meiner geheimen Botschaft tatsächlich geschluckt.

»Du musst mir helfen, Paul«, flehte ich, während ich auf die Nummer 23 wartete.

»Du spinnst wohl«, sprach er gemessen und rührte in seinem Wok. »Ich weiß doch nicht mal, wo das liegt – Kirgisien.«

»Es heißt Kirgisistan.«

»Na und?«

»Es ist aber wichtig. Tu es für mich, tu es für dein Land.«

»Für das Ruhrgebiet oder für Korea?«

Paul war in Herne geboren, seine Eltern kamen aus Korea. Sein Vater war Ingenieur, die Mutter Ärztin, Paul studierte Philosophie. Zusammen betrieben sie einen China-Imbiss.

»Du verlangst also, dass sich meine gesamte Familie als kriegerischer Nomadenstamm verkleidet, um im Hinterzimmer einer Oldie-Disko dem gewaltsamen Kampf abzuschwören?«, fragte Paul genüsslich.

»Ja, genau das«, erwiderte ich. »Aber nicht so scharf diesmal.«

Paul seufzte, aber ich sah, wie es in ihm arbeitete.

Während ich mich meiner Leibspeise Nummer 23 widmete, rief Paul seine Familie zusammen. Während mir Augen und Nase trieften, weil Paul wieder gemeint hatte: »Das muss aber ein bisschen scharf«, versammelte sich eine kleine Schar zunehmend johlender Koreaner auf der anderen Seite des Tresens. Nur Pauls Mutter schüttelte unwillig den Kopf, als sich dessen Bruder ein Handtuch um den Kopf gebunden hatte und mit einem Hackmesser zwischen den Zähnen durch den Imbiss hüpfte.

Mittlerweile hatten sie einen Atlas geholt und nach einigem Suchen Kirgisistan gefunden. Großer Jubel erhob sich, und Pauls Vater schwor feierlich, das unbekannte Land von seinem Joch zu befreien.

»Ihr müsst euch aber gut verkleiden, sonst erkennt sie euch«, beschwor ich Paul und seine Familie.

»Wieso?«, feixte er. »Wir Schlitzaugen sehen doch alle gleich aus.«

Die Familie brüllte vor Lachen.

»Ihr seid Uiguren oder Mescheten oder so. Eine verfolgte Minderheit, also benehmt euch ein bisschen würdevoller.«

Als ich um halb neun im »Dreams« ankam, befand ich mich in einem entsetzlichen Zustand. Die Knie schlotterten, und mein Atem ging allerhöchstens stoßweise. Es war schlimmer als Abitur und Führerscheinprüfung zusammen, doch der Anblick schließlich war großartig. Paul und die Seinen waren in einer abstrusen Mischung aus Armeekleidung und Urlaubssouvenirs gewandet. Pauls Vater trug sogar einen Stahlhelm, über den sie mit viel Mühe eine quietschbunte Lappenmütze gezogen hatten, dazu trug er ein Tarnnetz als Umhang und alte englische Breeches. Pauls Bruder ging offensichtlich als Pirat. Paul selber hatte eine halbe Uniform der russischen Schwarzmeerflotte aufgetrieben, die er reizvoll mit einem indianischen Poncho kombiniert hatte. Nur Pauls Mutter trug ein adrettes Business-Kostüm.

»Sie ist der politische Arm unserer Organisation«, beschied mir Paul. »Und gleich kommen die anderen.«

Ich stutzte.

»Der Kirchenchor der koreanischen Gemeinde. Sie singen unsere Hymne, außerdem bringen sie Oma und die Waffen mit.«

»Wir sind ein matriarchalisch organisierter Stamm, und Oma ist Häuptling«, erläuterte der politische Arm der koreanischen China-Imbiss-Guerrilla. »Wir dachten, das gefällt Sonja bestimmt.«

Um kurz vor neun hatten dreißig ausgelassene Koreaner das Hinterzimmer des »Dreams« in ein unpassend fröhliches Rebellenlager verwandelt.

»Ihr werdet unterdrückt, verdammt noch mal«, versuchte ich entsetzt die Lage zu erklären, aber Paul winkte ab.

»Das geht doch nie gut«, seufzte ich kleinlaut und dachte über einen Rückzug nach.

»Nein, das geht ganz bestimmt nicht gut«, sagte Paul, »aber es wird toll.«

Als ich Sonja in das mit Kerzen möglichst unzureichend beleuchtete Hinterzimmer führte, erhoben sich die rebellischen Dissidenten, und der Chor schmetterte gnadenlos los.

»Ihre Hymne«, flüsterte ich Sonja zu.

»Es klingt wie ›Ein feste Burg ist unser Gott‹«, flüsterte sie ergriffen zurück.

Der politische Arm der Rebellenbewegung eilte auf Sonja zu und drückte sie fest an sich. Paul übersetzte etwas von der unverbrüchlichen Freundschaft seines Volkes, und benutzte einen vollkommen albernen Akzent. Dann verbeugte er sich und überreichte ihr eine viereckige Aluminiumschale.

»Was ist das?«, fragte Sonja ängstlich.

»Unser Nationalgericht.«

»Ja, es heißt Nummer 23«, erklärte ich, doch Pauls Mutter trat mir gegen das Schienbein, sodass erste diplomatische Irritationen entstanden.

In diesem Moment knallte Pauls Vater jedoch eine alte Jagdflinte auf den Tisch, stand auf, verbeugte sich mehrmals und bellte mit unbewegtem Gesicht einen

Vortrag herunter. Noch Wochen später sollte er schwärmerisch erklären, dass er diesen Vortrag zwar im Stile der japanischen Kriegserklärung an China von 1937 angelegt, tatsächlich aber ein alt-koreanisches Liebeslied gebrüllt habe.

Sonja zeigte sich beeindruckt, während die ersten Mitglieder des Kirchenchors mit ihrer Fassung zu ringen begannen. Verzweifelt bissen sie in ihre Fellmützen, die sie vor der Hymne abgenommen hatten.

»Sie sind verzweifelt«, erklärte Paul, »weil sie unterdrückt werden.«

Dann übersetzte er den Vortrag seines Vaters, der mit stolzgerecktem Haupt stehengeblieben war. Der Feldkommandant, erklärte er mit Hinweis auf seinen Vater, verlange, dass ihm sein ganzes Volk in den Untergrund folge, um den Kampf gegen die Unterdrückung siegreich auszufechten oder in Ehren unterzugehen.

Bekräftigend schüttelten die Chorsänger die mitgeführten Küchenmesser.

»Das sind ihre Waffen?«, fragte Sonja ungläubig.

»Ja, aber du darfst dir nichts anmerken lassen, sie sind sehr stolz.«

Als wir die Auseinandersetzung zwischen Pauls Oma, als weisem, friedlichem Häuptling, und dem Vater, als säbelrasselndem Freischärler, inszenieren wollten, an deren Ende mein flammender Appell an die nationale Versöhnung und Gewaltlosigkeit stehen sollte, eskalierte die Situation.

Langsam hatte sich die Tür geöffnet, und eine alte Frau kam würdevoll hereingetrippelt. Alle verneigten sich demütig, und die Oma lächelte verschmitzt. Die

Oma aus Seoul war nur zu Besuch. Sie sprach kein Wort deutsch, das prädestinierte sie eigentlich für ihre Rolle. Sie konnte gar nichts falsch machen, sie musste nur reden. Irgendetwas. Aber sie redete nicht, sie lachte nur. Kaum dass sie ihren erwachsenen Sohn in seiner Verkleidung mit dieser Schrotflinte herumhantieren sah, kiekste sie los.

Man hört ja viel über die angebliche Zurückhaltung älterer, asiatischer Damen, aber ich kann bezeugen, es ist alles gelogen. Sie geiern los wie die Fischweiber. In den unpassendsten Momenten.

Während also das hutzelige Frauchen quiekend in sich zusammensackte, versuchte Pauls Vater die Situation durch einen besonders martialischen Ausbruch zu retten, doch den konnte der Rebellenchor nicht mehr ertragen. Als erster prustete der Bass los, die Tenöre fielen schnell ein, nur dem Bariton musste die Situation noch erklärt werden, er war ein ahnungsloser Austauschstudent aus China und hielt die Veranstaltung für eine Theaterprobe.

Nachdem sich die aufständischen Brigaden in einen Haufen hilflos zuckender und prustender Leiber verwandelt hatte, beschloss der politische Arm der Bewegung, die Kapitulation einzuleiten, und blies zum sofortigen Rückzug.

Sonja wandte sich fragend an mich, doch ich zuckte nur mit den Schultern.

Kichernd drängten sich die Koreaner durch die Tür, und ich war sicher, noch ihre Enkel würden sich diese Geschichte anhören müssen. Pauls Oma sollte am nächsten Tag abreisen und hatte gerade ihr schönstes

Ferienerlebnis erlebt. Sonja sah mich unterdessen vollkommen fassungslos an.

»Was war das?«

»Pauls Oma«, antwortete ich. »Sie kann nicht gut ernst bleiben.«

Dann erklärte ich ihr die Sachlage.

Sonja war nicht begeistert. Dass ich sie hintergangen hätte, sagte sie, das könne ja noch angehen, aber dass ich mich heimtückisch des Freiheitskampfes unterdrückter Völker bediene, um meine lächerlichen persönlichen Ziele durchzusetzen, dass könne und wolle sie nicht vergessen. So etwas Ungeheuerliches sei ihr noch nie untergekommen, zürnte sie, aber irgendwann küssten wir uns trotzdem.

Deus ex Lesebühnenscheiß

Ich habe jetzt endlich einen eigenen Eintrag bei Wikipedia. Selbst verfasst, aber dennoch streng objektiv. Nur bei meiner Bibliographie, also, da habe ich ein paar Bücher untergebracht, die ich erst noch schreiben muss. Aber das mache ich demnächst, und dann bekomme ich ganz sicher die Literaturpreise, die ich gerade in der Rubrik »Ehrungen« eingetragen habe. Das ist nur mehr eine Frage der Zeit.

Ich feile noch ein bisschen an meiner Werkbeschreibung. »In seinem Werk geht es Bartel um nichts weniger als die restlose Erforschung der conditio humana. In subtiler, aber dennoch präziser Beschreibung lotet Bartel Natalität und Mortalität als Grundbedingungen menschlichen Selbstverständnisses aus, privat interessiert er sich jedoch eher für Biertrinken und Minigolf.«

Ja, das ist gut. Das wirkt seriös, aber auch irgendwie sympathisch bodenständig.

Nach ein paar Stunden werde ich übermütig und behaupte, dass ich derzeit an einer Neufassung der Bibel arbeite, die alle bestehenden religiösen Texte ersetzen und die kleinlichen Streitereien zwischen den Weltreligionen ein für alle Mal beenden soll. Das Werk heißt »The World according to Bartel« und ist wie ein Superhelden-Comic aufgebaut, nur eben mit Religionsstiftern und Göttern in den Hauptrollen. Da gibt es den gutmütigen Tollpatsch Ganesha, der ein bisschen an Bud Spencer mit Rüssel erinnert, die Zwillinge Mohammed und Jesus, den alten Wüterich Zeus und seinen Cousin

Xango, der sich benimmt wie Mr. T und auch so aussieht. Außerdem treten über vierhundert animistische Naturgeister auf, aber ich habe ja auch vierzig Bände Platz, da kann man schon mal weiter ausholen. Zusammen kämpfen die Jungs gegen einen finsteren Demiurgen und seine Perserkatze. Die beiden haben einstmals die Welt erschaffen und klagen jetzt auf Eigenbedarf, um das Ding bei Ebay zu verticken. Jetzt wollen sie die Menschheit rausekeln, und dazu ist ihnen jedes Mittel recht. Am Ende wird der finstere Demiurg ausgerechnet vom unscheinbaren Fischgott Dagon zu Fall gebracht, den vorher keiner auf der Rechnung hatte.

»Ein hervorragendes Werk, das der Erziehung und Veredelung des Menschengeschlechtes dienen wird«, schreibe ich gerade und überlege, ob Desmond Tutu das wirklich so gesagt haben würde. Besser ich nehme Papst Ratzinger, der ist eh bekannter. Als ich schließlich feststelle, dass mein Wikipedia-Eintrag schon doppelt so lang ist wie die Einträge von Walser und Grass zusammen, lasse ich es gut sein: Mir ist ein bisschen schwindelig von so viel Schöpferkraft, außerdem bin ich müde.

Das Klingeln des Telefons weckt mich kurze Zeit später. Es ist meine Literaturagentin, sie fragt, ob Umberto Eco zum Tee vorbeikommen darf, er hat ein paar Fragen zu Thomas von Aquin. Außerdem erinnert sie mich an die Signierstunde heute Abend.

»Was soll ich'n da?«, frage ich schlaftrunken.

»Ihr letztes Buch signieren: ›Moby Dick‹.«

Schlagartig bin ich hellwach. Ich starre auf den Bildschirm, der immer noch meine neue Wikipedia-Seite anzeigt. »Moby Dick« habe ich geschrieben, steht da, direkt nach der »Grasharfe«. Kein Wunder, habe ich ja eben hingetippt, aber eigentlich wollte ich nur mal ausprobieren, wie sich das anfühlt, wenn man richtige Literatur geschrieben hat und nicht nur so Lesebühnenscheiß.

Ich verstricke mich in einen Wust peinlichster Rechtfertigungen und Entschuldigungen, bin aber offensichtlich nicht in der Lage, das Missverständnis aufzuklären, denn die Agentin insistiert auf meiner Autorenschaft. Auf die Frage, warum sie meine Agentin ist, obwohl ich keine Agentin habe, weiß aber auch sie keine Antwort.

Ich schlage sicherheitshalber unter meinem Namen im Literaturlexikon nach. Zu meiner Überraschung haben die einfach meinen Wikipedia-Eintrag abgedruckt, allerdings mit einem etwas schickeren Foto. Der Brockhaus hat wenigstens etwas Eigenes geschrieben, aber die Hälfte davon stimmt wieder nicht. Ich habe zum Beispiel nie behauptet, der »Zauberberg« wäre von mir.

Ich frage meine Mitbewohner, ob sie sich vorstellen können, dass ich in den letzten fünf Jahren gut die Hälfte der Weltliteratur im Alleingang geschrieben habe. »Nee, eigentlich nicht«, sagen sie genervt, »aber es stimmt leider. Wir haben das gegoogelt.«

Ich rufe meine Freundin an und will fragen, was wir so in den letzten Jahre getrieben haben, aber sie ist aufs Land gefahren, sagt der Anrufbeantworter. Wir haben nämlich ein Landhaus, sagt der Anrufbeantworter.

Stimmt, das hatte ich vorhin unter »Trivia« notiert: »... bewohnt mit seiner Lebensgefährtin ein geschmackvolles Anwesen aus dem 18. Jahrhundert.«

Leider steht da nicht, wo. Irgendwo am Meer, wie ich mich kenne.

Probehalber schreibe ich in meine Biographie, dass mir ein Bein von einem weißen Wal abgebissen wurde. Sofort ist es wirklich weg, und ich bekomme furchtbare Phantomschmerzen, noch bevor ich mir diese Prothese aus Walknochen verschreiben lassen kann. Mit letzter Kraft lösche ich den Passus mit dem fehlenden Bein, spiele stattdessen ein bisschen mit meinem Geburtsjahr herum und finde heraus, dass ich ein recht kregler Siebzigjähriger sein kann, wenn ich will.

Als Chinese sehe ich total albern aus, als Frau geht so, aber es ist lustig, weil ich von den Herren Mitbewohnern angebaggert werde. Außerdem vergesse ich ständig, mich zum Pinkeln hinzusetzen und muss die Sauerei dann auch noch selber wegmachen, weil sie mich auf einmal stört.

Nach einigen weiteren interessanten Experimenten mit Wikipedia erstelle ich eine erste, reichlich fragile Arbeitshypothese:

- Die Welt ist exakt so, wie sie bei Wikipedia beschrieben wird.
- Anscheinend stammen alle Einträge von mir.
- Wenn ich da irgendwas ändere, ändert sich auch die Realität.

Technisch gesehen bin ich jetzt also Gott, wenn mir auch der mythologische Überbau fehlt. Obwohl ich zu großer Bescheidenheit neige, überrascht mich mein neuer Beruf nicht sonderlich, denn ich habe Geschmack und Stil und bin handwerklich geschickt.

»Ich werde ein gütiger Gott sein«, rufe ich entzückt aus dem Fenster, aber das gottlose Pack draußen auf der Straße ignoriert mich. Ich überlege, ob ich nicht doch lieber ein rachsüchtiger Gott sein will, aber wahrscheinlich bin ich noch in der Probezeit. Da heißt es erst mal Gutes tun.

Ich verschönere also die Welt ein bisschen und schreibe einen neuen Eintrag über Einhörner: Es gibt sie ab jetzt wirklich, aber ausschließlich in Nordhessen, damit es da nicht mehr so hässlich ist.

Und tatsächlich durchmessen die eleganten Tiere bald die riesige Fußgängerzone von Gießen und geben dieser trostlosesten aller Landmarken ein wenig Anmut. Nicht bedacht hatte ich jedoch, dass sich Einhörner vermehren wie die Karnickel, nur eben viel schneller. Nach einigen Wochen schlimmster Einhornplage ist Gießen vollkommen zugeschissen, und ich muss die Viecher zum Abschuß freigeben. Gelangweilte Reisende schießen sie bald aus fahrenden Regionalbahnen ab, und der Preis für Einhorndöner am eigenen Spieß sinkt zuletzt auf fünf Cent pro Kilo.

Wütend schaffe ich die niedlichen Viecher wieder ab, Nordhessen kriegt eine Sintflut, die sich gewaschen hat, und ich ein schlechtes Gewissen. Ich besinne mich meiner gesellschaftlichen Verantwortung als Gott, lege Nordhessen wieder trocken und ändere den Wikipedia-

Eintrag über Adolf Hitler. Das hätte längst mal jemand machen sollen.

»Adolf Hitler (1889-1951), österreichischer Postkartenmaler, Tätowierer und Kunstfälscher. Zunächst Lehr- und Wanderjahre in zahlreichen Männerwohnheimen, dann Ausbildung zum Tätowiermeister, anschließend Tätigkeit in einem Atelier für Hunde-Akt. 1923 erste regionale Anerkennung (Förderpreis der Sparkasse Braunau) für seine Bilderserie ›Blondi‹ (Tintenstich auf Matrose). Einem größeren Publikum bekannt wurde H., als es ihm 1948 gelang, dem Magazin ›Stern‹ gefälschte Hindenburg-Tagebücher zu verkaufen. Anschließend flink zu Tode gesoffen.«

So, den wären wir los.

Triumphierend blicke ich ins Regal, wo bislang die dicke Hitler-Biografie stand. Sie ist noch immer da, allerdings steht jetzt »Göring« auf dem Umschlag. Beim nächsten Versuch lasse ich Göring im ersten Weltkrieg abgeschossen werden, prompt rückt Goebbels nach. Nach zwei Wochen habe ich allen wichtigen Nazis eine alternative Biografie geschrieben, aber es steht immer wieder ein neuer Idiot auf dem Buchrücken.

Vielleicht muss ich historisch früher ansetzen. Ich erspare also den Indianern die Entdeckung durch Kolumbus, aber da werden sie von den Wikingern massakriert. Als ich wiederum den Azteken die Erfindung des Rades zuschustere, kommen sie rüber nach Europa und unterwerfen hier alle. Richtig gut benehmen sie sich dabei nicht, und die Kartoffel haben sie auch zu Hause vergessen. Ich versuche es spaßeshalber mit Matriarchat, aber bitte, fragt gar nicht erst.

Frustriert wende ich mich den Naturwissenschaften zu, aber als ich versuche, die Erderwärmung aufzuhalten, löse ich versehentlich eine Eiszeit aus und vernichte die Menschheit. Als ich wiederum den Artikel über AIDS lösche, mutieren die anderen Virenstämme und vernichten munter alles Leben. Ständig renne ich zum Fenster und rufe »Entschuldigung«, aber meist hört mich niemand, weil ich die Menschheit gerade wieder versehentlich ausgelöscht habe.

Egal, was ich ändere, meine Schöpfung bleibt vollkommener Mist. Meist wird es sogar noch schlimmer.

»Entschuldigung!«, rufe ich noch mal etwas kläglich ins kalte Universum, aber niemand antwortet, und ich mache das Fenster wieder zu, draußen ist nämlich gerade wieder Sintflut.

Was mache ich denn jetzt? Die Welt ist total scheiße, und besser krieg ich sie nicht hin. Was macht man, wenn man das hat? Zum Arzt gehen? Kann man wen anrufen? Gibt es für die Theodizeefrage einen Telefonjoker?

Zuerst will ich einfach den Computer runterfahren, habe aber Angst, dass dann die Welt ganz untergeht. Diesmal bin ich echt im Arsch – ich muss zum letzten, zum äußersten, zum verbotenen Mittel greifen. Ein richtiger Schriftsteller würde so etwas nie tun, aber ein richtiger Schriftsteller schreibt seinen Wikipedia-Eintrag ja auch nicht selber. Und wenn es jemals eine Geschichte gegeben hat, die den Einsatz eines deus ex machina erfordert hat, dann doch wohl diese, beschließe ich und schreibe mir wahllos einen herbei.

Es ist ausgerechnet Dagon, dieser vermaledeite Fischgott aus Mesopotamien.

»Ist das jetzt endlich das Ende?«, fragt er, und ich nicke.

»Ich gebe auf«, sage ich und schwenke ein weißes Taschentuch. »Ich habe als Gott vollkommen versagt.«

»Das Gefühl kenne ich«, sagt er und schaut mich aus seinen tranigen Fischaugen an. »Mach dir nichts draus, ist mir auch so gegangen.«

»Wird es wehtun?«, frage ich, und er schüttelt den Kopf.

»Kann ich wenigstens das Landhaus behalten?«, frage ich, aber Dagon schüttelt wieder den Kopf.

»Lass einfach in Zukunft die Finger von Texten, die 'ne Nummer zu groß für dich sind, Jungchen«, sagt Dagon nicht unfreundlich, fährt den Rechner runter und watschelt aus meinem Zimmer.

»Versprochen«, rufe ich ihm nach, »ab jetzt wieder nur noch Lesebühnenscheiß.«

Kurt

»Ich fress' dich auf, du Sau«, dröhnt es durch den Raum.

Theo erschauert und zieht die Bettdecke über die Nase. Theo Hergenrath ist fünfundvierzig Jahre alt, Außendienstmitarbeiter einer Firma für Fertigbackwaren und hat schreckliche Angst im Dunkeln. Deswegen kann er nur mit einem Vorschlaghammer unter dem Kopfkissen einschlafen. Deswegen hat Theo jeden Morgen Kopfschmerzen und keinen Sex. Frauen mögen keine Vorschlaghämmer im Bett, hatte Theo herausfinden müssen, sie machen ihnen Angst.

»Ich fress' dich auf, du Sau«, brüllt es wieder aus dem Schrank, dann schwingt die Tür auf und heraus schlenzt etwas, das eine breite, übelriechende Schleimspur hinterlässt. Etwas, das Hieronymus Bosch und Jim Henson nach einer gemeinsam durchzechten Nacht aus ihrem Erbrochenem geformt haben könnten. Ein extrem fieses Monster ohne Hals, mit kleinen stechenden Augen und einem breiten Klappmaul.

Das ist Kurt.

Kurt wohnt in Theos Schrank. Theo hat ihn dort entdeckt, als er fünf war.

»Scheiße«, hatte er damals gedacht, »Monster im Schrank. Das musste ja mal kommen.« Er hatte davon im Kindergarten gehört.

»Ich lutsch' dir die Gedärme raus, du Pfeife«, hatte Kurt gleich zur Begrüßung geröhrt, und Theo hatte in diesem Moment gewusst, dass er in der Lotterie des

Lebens nicht gerade den Hauptgewinn gezogen hatte. Denn Kurt ist ein ziemlich perfides Monster: Jedesmal brüllt es, dass es Theo fressen will, sagt aber nie genau wann, sodass Theo sich nicht darauf einstellen und wenigstens bis dahin mal ein paar Nächte durchschlafen kann.

Gerade watschelt Kurt fies grinsend über den falschen Perserteppich, da klingelt es, und Theo ist baff. Es ist ja schon Schlafenszeit, außerdem klingeln bei ihm höchstens die Zeugen Jehovas, und die gehen alle früh ins Bett. Einmal hatte die GEZ geklingelt, da hatte Kurt die Tür geöffnet, und seitdem muss Theo keine Fernsehgebühren mehr zahlen, anscheinend gelten Monster als Entschuldigung.

Kurt wackelt aufs Klo, seit ein paar Jahren ist er nämlich stubenrein, und Theo öffnet die Tür.

»Hallo, ich bin dein Geburtstagsgeschenk«, lispelt eine käsige Blondine in einem knallroten Regenmantel, der ihr knapp über den Schritt reicht.

Sie fängt an, an Theos Hemd herumzuziehen, sodass es aus der Hose rutscht.

»Hach«, sagt Theo und windet sich.

»Was denn?«, fragt die Frau. Sie knetet jetzt zwischen seinen Beinen herum.

Theo sagt erst: »Aua«, dann »Hilfe!« und bekommt schließlich eine Erektion.

»Ich habe Kakao, Sprudel und Korn«, lenkt Theo ab und bietet der Frau einen Platz auf dem Sofa an. Die Frau sagt »Danke«, geht ein paar Schritte in die falsche Richtung, reißt die Stehlampe um und landet krachend auf dem Couchtisch.

»Ich bin blind«, erklärt sie und reibt sich das Schienbein. »Was Falsches getrunken.«

Theo lenkt sie mit »Heiß«- und »Kalt«-Sagen zum Sofa.

»Heilige Scheiße, Kurt«, denkt Theo dann, rennt zum Klo und verkeilt den Ohrensessel unter der Klinke. Damit gewinnt er ein paar Minuten.

Als Theo mit den Getränken zurückkommt, ist die Frau fast nackt, obwohl sie nur den Regenmantel ausgezogen hat. Er hat einen Cocktail aus Kaba und Korn gemischt und zur Dekoration ein Deutschland-Fähnchen reingesteckt.

»Ich hab' aber auch Italien und Norwegen«, sagt er.

»Ist mir egal«, entgegnet sie.

Theo denkt, dass er jetzt fairerweise Kurt erwähnen müsste.

»Kannst du es auch mit einem Monster aufnehmen?«, fragt er deshalb, aber die Frau verdreht die Augen.

»Nicht schon wieder«, stöhnt sie. »Ihr seid doch alle gleich.«

»Ich nicht, ich habe nämlich einen Vorschlaghammer im Bett«, erwidert Theo. Er will das Gespräch damit wieder vorsichtig auf Kurt lenken, der gleich fuchsteufelswild durch die geschlossene Klotür springen wird. Da sollte man besser vorbereitet sein.

»Kurt ist wieder da!«, grölt es in diesem Moment aus dem Flur, dann zuckt ein schwabbeliger, schleimtriefender Blitz durch Theos Wohnzimmer. Krachend fährt er in den Kleiderschrank, verspritzt übelriechende Sekrete, zerdeppert die Lampe und lässt die Fensterscheiben zerbersten. Schwefeldampf liegt in der Luft.

»Hast du einen Hund?«, fragt die Frau.

»Hmpf«, macht Theo, dem das Wort »Schrankmonster« nicht über die Lippen kommt.

»Wie heißt er denn?«

»Kurt«, sagt Theo.

»Kurti, Kurti, Kurti …«, macht die Frau und sieht ziemlich dämlich dabei aus.

Theos Erektion lässt jetzt ganz schnell nach, Kurt reißt das Maul auf. Zwischen seinen Backenzähnen hängen die Fetzen eines jungen Straffälligen, der Zeitschriften-Abos verkaufen wollte. Doch bevor Kurt seine Zähne ins Fleisch der tätowierten Blondine hauen kann, hat Theo schon den Vorschlaghammer in der Hand und zieht Kurt eins über. Es macht nur ein matschiges »Fump!«, weil Monster keinen besonders harten Schädel haben, und dann noch einmal »Fump!«, weil die Blondine sich in Luft auflöst.

Seufzend stützt sich Theo auf seinen Vorschlaghammer und lächelt sein verwüstetes Mobiliar an. Er hebt das Deutschlandfähnchen vom Boden auf und legt es zu Italien und Norwegen in den Küchenschrank. Vorsichtig knipst er die letzte verbliebene Lampe aus und geht ins Bett.

Ich weiss ein Mittel,
das dir, mein Schätzchen,
wenn du fein fromm bist,
Heilung verschafft.
'S ist so natürlich,
mundet so köstlich,
kein Apotheker kennt seine Kraft.
Ja, dieser Balsam,
er wirkte schon Wunder.
Magst du ihn kosten,
bin ich bereit.
Willst du auch wissen,
wo ich ihn berge,
wo ich den Balsam berge?
Fühlst du es klopfen hier?
Das heilt dein Leid!

W. A. Mozart,
Don Giovanni, Arie der Zerlina

Der letzte Akt
Eine romantische Altenheimfickgeschichte

»Sie haben den Führer aufgehängt!«, keifte Reizke und bollerte aufgeregt mit seinem Stock gegen den Fernseher, dass die Nachrichtenbilder von Saddam Husseins letztem Gang zu wackeln begannen und mit weißgrauem Griesel beschneit wurden. Reizkes zerlöchertes Gehirn war in den schneereichen Februar 1945 zurückgereist, und jenseits der Oder stand der Russe. Plötzlich aber stand statt des Russen ein gedeckter Kaffeetisch an der Oderfront, und der Führer wurde im Fernsehen hingerichtet, obwohl Berlin noch gar nicht gefallen war. Reizke stöhnte laut auf, doch niemand beachtete ihn.

»Sie haben den Führer aufgehängt!«, wiederholte Reizke verzweifelt und blickte starr an die Decke, doch nicht mal von ganz oben wurde seinem ratlosen Gehirn Ersatz gesandt.

Auch im Kaffeezimmer des Altenstiftes reagierte niemand, denn Reizke galt als Gemüse. Weder gesellschafts- noch zurechnungsfähig, verdämmerte er seine letzten Tage im Sperrfeuer der Erinnerung an seine Soldatenjugend und erkannte niemanden mehr, nicht einmal die eigene Tochter, die er wie alle anderen auch mit »Obersturmbandführer« anzusprechen – ja, eigentlich eher anzubellen – pflegte.

Reizke hob seinen Stock und fegte das Kaffeegeschirr vom Tisch. Ein Pfleger kam und sammelte das Geschirr ein, ohne von Reizke Notiz zu nehmen. Dann wurde der Fernseher ausgeschaltet.

Seelenruhig würfelte Emma weiter. Sie hatte schon zwei Sechser gehabt, mit einem dritten würde sie die bislang führende Elvira aus dem Feld schlagen, und Karl-Heinz würde diese Nacht bei ihr verbringen.

Sie zwinkerte Karl-Heinz Schimmonek zu, der interessiert die Mensch-ärgere-dich-nicht-Partie der vier alten Damen verfolgt hatte. schließlich war er der Hauptgewinn.

Karl-Heinz war der einzige Mann auf Flur sieben, genau genommen war er der einzig halbwegs intakte Mann im ganzen Westflügel, aber die vier Frauen von Flur sieben verteidigten ihn mit Zähnen und Klauen gegen die Zudringlichkeiten und Avancen anderer unternehmungslustiger und unterbeschäftigter älterer Damen. Seit vier Monaten lebte Karl-Heinz in selbst gewählter, aber aufreibender Polygamie, und es ging ihm den Umständen entsprechend, aber insgesamt gut.

»Das überleben Sie keine sechs Monate«, hatte sein Arzt damals gesagt.

»Das hab ich auch nicht vor«, hatte Karl-Heinz geantwortet.

»Sie sind vierundachtzig Jahre alt, Mann, was erwarten Sie denn?«, hatte der Arzt gefragt.

»Spaß«, hatte Karl-Heinz geantwortet. »Außerdem will ich nicht jahrelang herumsitzen und Bingo spielen. Ich will, dass es bald aufhört, aber vorher soll es noch einmal Spaß machen. »

Vor allem, aber das sagte er nicht, wollte er niemals zu einem dieser Zombies aus der Demenz-Fraktion werden, nicht wie Reizke ruhelos als Gespenst aus der eigenen Vergangenheit durch die Gänge irren oder wie die sabbernde Wendtland als fleischgewordene ABM-Maßnahme für unbegabte Pflegepraktikanten enden.

»Entweder sie machen das«, hatte er dem Arzt gesagt, »oder ich schieß' mich tot. Außerdem können sie mein Haus haben.«

»Ich darf Patientenerbe gar nicht annehmen«, hatte ihm der Arzt beschieden.

»Ja, ja, ist schon klar«, hatte Karl-Heinz gebrummt. »Fragen sie mal Ihren Anwalt. Das kriegt man auch ganz dezent hin.«

Noch am Abend desselben Tages hatte der Arzt seinem besten Freund und Anwalt erzählt: »Da kommt also dieser alte Sack in die Praxis gehumpelt und lässt, ohne dass er die Tür hinter sich zumacht, die Hosen runter, zeigt auf seinen faltigen Schniepel und sagt:

›Machen Sie den heile, Herr Doktor!‹ Und dann erzählt er, dass er vier Frauen hat und es noch mal so richtig krachen lassen will. – Viagra, Vitaminspritzen und so weiter, das ganze Programm halt.«

»Und das geht?«, hatte der Freund aufmerksam gefragt. Seine Libido hatte sich seit einem Jahr hinter einem Berg Akten, einem Dutzend offener Fälle und der Aussicht auf eine große Kanzleibeteiligung verschanzt, dabei war er noch nicht einmal vierzig.

»Prinzipiell geht alles«, hatte der Arzt gesagt. »Ich habe einen Kollegen, der ist allerdings Veterinär, aber der sagt, man kann sogar eine Milchkuh zum Zuchtbullen hochspritzen.«

»Ach«, hatte der Freund gesagt und erleichtert geseufzt.

»Aber in dem Alter«, hatte der Arzt weiter erzählt, »geht das nicht gut, das Zeug haut ja ziemlich auf Nieren und Leber, vom Herzen ganz zu schweigen. Bei den Arterien kein Wunder. Na ja, der ganze Organismus hält den Dauerbeschuss nicht lang durch. Wenn er Glück hat, bekommt er einen Herzinfarkt. Wenn er Pech hat, wird es Nierenversagen.«

»Ach«, hatte der Freund wiederum gesagt, aber diesmal wesentlich trauriger, und dann hatte er dem Arzt erklärt, wie man ein schmuckes Einfamilienhaus am Stadtrand erbt, ohne dass es weiter auffällt.

Emma würfelte eine Drei statt einer Sechs und regte sich furchtbar auf. Elvira schummelte sich eine Fünf zurecht, während Hannah und Marie ganz gebannt auf den Bildschirm starrten, der von der Heimleitung nun mit optischen Sedativa aus der Konserve gefüttert wurde, damit die öffentliche Ordnung im Kaffeezimmer nicht weiter von den grausamen Ränken der Weltpolitik erschüttert werden würde. Es wurden Wiederholungen von »Fliege« gegeben. Der Fernsehpfarrer erwies sich immer wieder als probates Mittel gegen die Erschütterungen der ältlichen Seelen. Es war, als sitze er dann neben jeder einzelnen, tätschele das Knie, lege den Kopf schief und murmele ein begütigendes »Ja, ja. Leicht ist es nicht, aber es wird schon. Passen Sie auf sich auf!« in jedes Ohr.

Hannah und Marie nickten einträchtig mit den Köpfen und beseufzten lustvoll das traurige Schicksal des tapferen, leukämiekranken Kindes, das in dieser Folge präsentiert wurde.

Mitleid ist die Wollust des Alters, dachte Karl-Heinz und registrierte nicht ohne Enttäuschung, dass Hannah und Marie für heute wohl aus dem Spiel waren.

Mit einer dramatischen Geste fegte Elvira Emmas Figürchen vom Brett. »Nimm dies, Schurke!«, zwitscherte sie aufgeregt und bohrte ihren knochigen Zeigefinger in Emmas voluminösen Vorbau. »Rausgeworfen, meine Liebe.«

»Geschummelt!«, protestierte Emma.

»Beweise? Zeugen?«, fragte Elvira spitzzüngig zurück.

Hannah und Marie schüttelten geistesabwesend die Köpfe, und Karl-Heinz signalisierte wie immer strikteste Neutralität.

Mit einer kraftvollen Bewegung wuchtete Emma ihren tonnenförmigen Leib hoch, reckte das in Ruhestellung unter ansehnlichen Wülsten versteckte Kinn in die Höhe, drehte wortlos auf dem Absatz um und rauschte wie ein Schlachtschiff mit geblähten Segeln davon.

»Sieg durch technisches K.O.«, keckerte Elvira Emma hinterher.

Schade, dachte Karl-Heinz und sah dem Schlingern des gewaltigen Hecks nach. Es war kalt geworden, und er sehnte sich nach den weichen Kissen von Emmas Leib, wenn sie auch im Bett bisweilen eine Grobheit an den Tag legte, die nicht recht zu ihrem mütterlichen Äußeren passen wollte. Karl-Heinz legte diese Rauheit ihrem beruflichen Werdegang zur Last, der Emma zur leitenden Traktoristin der größten LPG in Mecklenburg hatte aufsteigen lassen; Kriegsflucht und die folgenden stalinistischen Kaderschulungen ihrer Jugend hatten ihr zudem früh jede Sentimentalität ausgetrieben und ein erbarmungsloser Plansoll ihre Hände hart und unempfindlich gemacht. Außerdem kommandierte sie einfach gern, aber der bisweilen skrupellosen Divenhaftigkeit einer Elvira Hasenkamp war auch sie nicht immer gewachsen.

»Sie riecht immer noch nach Schweinestall«, sagte Elvira giftig lächelnd und ließ die Augen hinter den expressionistischen Kajalstrichen boshaft aufleuchten, während ihre linke Augenbraue einen gotischen Spitzbogen beschrieb.

Karl-Heinz seufzte, bot dem ehemaligen Star der Duisburger Oper galant den Arm und führte Elvira in ihr Gemach. Sie verabschiedeten sich mit Luftküssen, und Elvira schnippte ein imaginäres Stäubchen von Karl-Heinzens Cordjackett.

»Wer hat heute gewonnen?«, fragte Olga Engel kurze Zeit später.

»Elvira«, sagte Karl-Heinz.

»Früher Sopran, jetzt ur-Alt«, referierte die kasachische Altenpflegerin Elviras Lieblingsbonmot und schlug Karl-Heinz ein paar rohe Eier auf, die sie mit Pfeffer, Zwiebelsaft und einigen unaussprechlichen Ingredienzien zu einem wolgadeutsch-kasachischen Aphrodisiakum zusammenrührte. Dann maß Olga seinen Blutdruck, überflog die Cholesterinwerte der letzten Tage, horchte mit einer umgedrehten Tasse seine Brust ab und runzelte die Stirn.

»Sie müssen zum EKG, Herr Schimmonek, hört sich nicht gut an. Herz noch mehr kaputt, glaub' ich. Heute keinen Sex, Herr Schimmonek. Versprechen, ja, bitteschön.«

Karl-Heinz Schimmonek brummelte daraufhin Unverständliches, aber insgesamt Ablehnendes.

Natürlich hatten sich die amourösen Turbulenzen auf Flur sieben nicht geheimhalten lassen. Im ereignisarmen Alltag des Altenstiftes galt schließlich schon der unangemeldete Besuch eines Fremden als mittlere Sensation, die skandalöse, aber durchaus anregende Liederlichkeit des Karl-Heinz Schimmonek und seiner vier Mätressen hingegen vermochte sogar absolute Topthemen wie Kriegserinnerungen und Krankengeschichten auf hintere Ränge zu verdrängen, und sogar das routiniertgelangweilte Pflegepersonal hatte schließlich erstmals Interesse für die Insassen gezeigt.

Die stoischen Mienen der vier Altenpflegerinnen aus Kasachstan und der Ukraine hellten sich jedenfalls immer auf, sobald sie den Flur sieben betraten. Die knapp gehaltenen Übergabeprotokolle, die sonst lediglich kryptische Eintragungen wie »gesamtgut« oder

»Bein kaputt« enthielten, waren umfänglichen Bulletins gewichen, in denen von Stuhldeutung bis Psychoanalyse sämtliche Schulen antiker und moderner Quacksalberei zur Anwendung kamen. Die fünf Probanden wurden gehätschelt und überwacht wie teure Rennpferde, und das waren sie schließlich auch, denn während die Kasachinnen Olga und Irina einen ansehnlichen Betrag darauf gesetzt hatten, dass Karl-Heinz das Osterfest noch erleben würde, wetteten die beiden ukrainischen Pflegerinnen auf ein vorzeitiges Ableben wegen sexueller Überbeanspruchung, die sie natürlich nach Kräften zu fördern suchten. Allerdings durfte im Gegenzug keine der beteiligten Damen vor Karl-Heinz sterben.

Mittlerweile waren neben den Pflegerinnen und Pflegern auch Mitarbeiter der Verwaltung, die gesamte Heimleitung und solvente Insassen des Altenstifts in die Tippgemeinschaft aufgenommen worden, sodass man dazu übergegangen war, die jeweils aktuellen medizinischen Daten und Quoten der fünf Beteiligten im Foyer ans schwarze Brett zu pinnen, waren sie doch von allgemeinem Interesse. Entsprechend gewissenhaft wurde Elvira Hasenkamp von Natascha, einer Ukrainerin mit grauenhaft kalten Händen, auf ihren nächtlichen Einsatz vorbereitet und mit Dehnungsübungen und wohlfeilen Ratschlägen traktiert, deren explizitere Elvira allerdings mit einem gezischten »Werden Sie nicht vulgär, Kindchen!« zu unterbinden wusste.

Beleidigt schweigend massierte Natascha nun Elviras dürre Beine und ließ ihre Hände über das dichte Netz aus blauen, roten und grünen Krampfadern gleiten.

»Beine sehen aus wie Plan von Metro in Kiew«, sagte Natascha nicht ohne Gehässigkeit, ließ aber, durchbohrt von Elviras eiskaltem Blick, ein halbherzig entschuldigendes »Schönste Metro der Welt« folgen, und Elvira brach daraufhin in ihr berühmtes, gänzlich undamenhaftes Lachen aus.

Ein Kollern und Fiepen erfüllte den Raum, ein Krächzen und Husten, ein Brodeln und Spucken wurde vernehmlich. Ein Lachen, das in den frühen siebziger Jahren bis in die letzten Winkel verrauchter Theaterkantinen, ungeheizter Garderoben und schummriger Kleinstadthotels gezogen war. Ein Geräusch, das verdutzten Außenstehenden damals von allen Ensemblemitgliedern – vom Beleuchter bis zum Dirigenten – mit demselben stolzen Satz erklärt wurde: »Das ist unser erster Sopran. Aber wenn sie singt, ist sie gut.«

Elvira Hasenkamps Lachen war zwar auch in ihren besten Zeiten nicht leicht vom Erstickungstod eines asthmatischen Esels zu unterscheiden gewesen, doch als Elviras Gesicht schließlich die Farben ihrer Krampfadern anzunehmen begann, entschied Natascha völlig zurecht, lebenserhaltende Maßnahmen einzuleiten. Fünf Minuten später keuchten die beiden Frauen einträchtig nebeneinander her.

»Frau Hasenkamp, Sie dürfen heute keinen Sex«, sprach Natascha schließlich voll strenger Fürsorge und dachte dabei, das soll fairer Weise gesagt sein, nicht nur an ihren Wetteinsatz.

»Kindchen, zerbrechen Sie sich mal nicht meinen Kopf. Außerdem: Gewonnen ist gewonnen!«, antwortete die Angesprochene nicht weniger streng und beschied huldvoll: »Danke, Natascha, das wär' alles. Sie dürfen sich jetzt zurückziehen.«

Als Natascha das Zimmer verließ, polterte ein prächtig illustriertes Kamasutra aus ihrem Kittel zu Boden, und Natascha tat sehr ungelenk so, als habe sie das nicht einmal bemerkt.

Um halb zehn jenes Abends band sich Karl-Heinz Schimmonek mit schmerzenden Armen die Krawatte, prüfte mit einer angedeuteten Kniebeuge, von der ihm bereits leicht schwindelig wurde, den Sitz seines besten Anzuges, nahm den prächtigen Kamelienzweig in die Hand und bemühte sich vor seinem Spiegel um aufrechte Haltung. Dann schritt er gemessen über den Flur. Vorsichtig einen Schritt nach dem anderen setzend, achtete er darauf, dass seine blank gewienerten Budapester Schuhe nicht über den Teppich schlurften.

Aus Elviras Zimmer drang Musik, und Karl-Heinz erkannte die Verführungsarie der Zerlina aus Mozarts *Don Giovanni*, die von einem merkwürdigen Krächzen begleitet wurde, das vor Unzeiten einmal ein Sopran gewesen sein musste.

Taktvoll wartete er, bis das Krächzen verklungen war, und klopfte sacht an.

Elvira empfing ihn in ihrem Chiffonmantel, einem schwarzen Hauch von Nichts, das einmal zum Fundus der Wiener Staatsoper gehört hatte, und er küsste ihre Hand.

Nachdem sich Elvira überschwänglich für die Kamelien bedankt hatte, ließ sie sich melodramatisch, ganz nach Art einer morphiumsüchtigen Stummfilmschauspielerin, in seinen Arm gleiten – eine in monatelanger

Routine einstudierte Geste, die Karl-Heinz eigentlich mit kluger Gewichtsverlagerung und ächzenden Knien zu parieren verstand, wenn er auch heute ins Straucheln geriet und sich mit einem beherzten Ausfallschritt zum sicheren Bett retten musste, wo die beiden alten Menschen knackend übereinander purzelten.

»Oh, Karlheinzio!«, hauchte Elvira und strich eine graue Strähne seines von links über die Glatze gelegten Deckhaars aus seinem Gesicht. Mit einem Lächeln ignorierte sie den Schmerz, der sich nach der unsanften Landung durch ihre poröse Wirbelsäule zu bohren begonnen hatte, und lockerte seine Krawatte.

Mit den langsamen Bewegungen unterkühlter Leguane zogen sich die beiden Alten aus, und Karl-Heinz kam schließlich nicht umhin, wiederum im Stillen zu bemerken, dass sich die menschliche Anatomie einen fiesen Spaß erlaubt, indem sie die äußeren Zeichen der Geschlechtlichkeit im hohen Alter zugunsten einer unkleidsamen und gleichmacherischen Sackartigkeit aufgibt. Karl-Heinz hielt das für einen Skandal und erinnerte sich ein wenig schuldbewusst, aber durchaus wirkungsvoll, der straffen Weiblichkeit seiner kasachischen Pflegerin, und auch Elvira tat nämliches, als sie erstens den Zivi Alex, zweitens einen längst verstorbenen Tenor aus Buxtehude und, ja, auch Jürgen Fliege zu einem erotischen Medley verwob, das ihr zur anfeuernden Begleitmusik geworden war, seit sie am faltigen Leib des Karl-Heinz Schimmonek zu zutzeln begonnen hatte.

Von Eros und Thanatos zu gleichen Teilen getrieben, gaben sich die beiden Liebenden jenem Treiben hin, von dem sie vielleicht ahnen mochten, dass es ihr letzter Akt sein würde. Ein bedächtiges Wogen und Wanken hub an, ein vorsichtiges Drücken und Stützen und nicht zuletzt ein verdächtiges Knirschen und Rucken, kurz: Ein delikates Schauspiel wurde gegeben, das hier nicht ohne Not vor die gierigen Augen einer lüsternen Leserschaft gezogen werden soll. Verraten sei lediglich, dass dem hetzenden Crescendo des durchaus furiosen letzten Satzes ein unerwartet dissonanter Schlussakkord gegeben war, der – bevor er noch recht ausklingen konnte – von einem samtig, aber endgültig fallenden Vorhang bedeckt wurde. Oder, um es mit Olga zu sagen, die beide Körper am nächsten Morgen erkaltet, aber in raffinierter Pose zusammengeknäult, finden sollte: »Sie kamen zusammen, und sie gingen zusammen.«

Einstimmig wurde dieses treffliche Bonmot von den überlebenden drei Damen zum Epitaph des gemeinsamen Grabsteines gewählt, den ein namhafter Skulpturist in Form eines greisen Amors zu gestalten beauftragt wurde. Geld nämlich war im Überfluss vorhanden, hatte doch niemand aus der ansehnlichen Tippgemeinschaft auf diesen simultanen Ausgang des Experimentes gewettet. Niemand, außer Herr Reizke.

Wie Hannah, Marie und Emma aber den Reizke überreden konnten, sein neuerlich erworbenes Vermögen an seiner Tochter vorbei in nämlichen Grabstein sowie einen einfachen Flug für vier Personen in die Karibik zu investieren und zu welch erstaunlicher Vitalität sich der senile Veteran noch einmal aufraffen sollte, das sei ein andermal erzählt.

Idioten

Leipolds Äußerung, wenngleich halblaut gesprochen, drang durch die offene Tür: Dass man jetzt, gerade jetzt, doch ganz eng zusammenhalten müsse. Dass man – sie möge seine Offenheit entschuldigen – doch letzten Endes Familie sei. Eines Stammes Gewächs. Das sagte er wirklich, der Idiot.

Ich hatte mich bis zur Tür vorgearbeitet, sah nun den ungeschlachten Leipold vor Eva stehen. Die wattierten Schultern wie eine Barriere vorgeschoben, versperrte Leipold alle Fluchtwege und ließ seine Konversation wie Angriffswellen heranbranden. Dass er gerne und bereitwillig den Nachlass zu regeln bereit sei, sagte er, dass er sich schon einige Gedanken gemacht hätte, bezüglich der Anteile.

Mein Gott, Leipold! Doch nicht auf der Trauerfeier. Evas Vater war eben zu Grabe getragen worden, mit allem Pomp, mit aller Sentimentalität und mit aller Großkotzigkeit, die einem erfolgreichen Mann aus der Provinz zukommt. Bürgermeister, Landräte, Parteien, Verbände, sogar ein Unternehmerpräsident kondolierten Eva, darauf eine Gesandtschaft der Angestellten. Ihre Zahl war mittlerweile zwar abgeschmolzen auf ein wettbewerblich vertretbares Maß, aber immer noch beachtlich. Zur Beilegung des Patriarchen waren immerhin dreihundert erschienen, hatten wir geschätzt, Leipold, Hennermeier und ich, ein Gewerkschaftsekretär gar mit Tränen in den Augen.

»Gelebte Sozialpartnerschaft«, hatte Leipold geflüstert und feixend in meine Seite geboxt.

Jetzt dozierte Leipold über die Branche. Eva lächelte höflich, aber kühl. Ein Verkauf des Werks sei nun das Gebot der Stunde. Hightech-Dämmstoffe und modernste Regeltechnik, mit diesem Pfund könne sie wuchern. Noch sei der Innovationsvorsprung ja da, aber der Chinese schlafe nicht. »In drei Jahren«, sagte Leipold jetzt, »findest du keinen deutschen Mittelständler mehr in der Branche.«

Leipold hüstelte. Dass ihrem Vater – und diese Bemerkung sei nun wirklich nur der Ökonomie geschuldet, da dürfe man ihn bitte nicht falsch verstehen – erspart geblieben sei, sein Lebenswerk in fremden Händen sehen zu müssen, das sei sicher gut, aber sie, Eva, müsse das nüchtern betrachten. Noch einmal bot er seine Dienste an, und Evas Gesichtszüge erstarrten zu einer Maske eiserner Höflichkeit.

Nein, Leipold war keine Gefahr. Er kümmerte Eva in die Flucht, drängte sie in die Defensive, verstrickte sie in eiserner Fürsorglichkeit. Eva lehnte sich weiter zurück, saß jetzt beinahe auf dem Tisch. Zeit für meinen Auftritt.

Ich schlenderte durch die halbgeöffnete Tür, die Augen fest auf die historischen Fotografien des Werks an der rückwärtigen Wand gerichtet. Leipold und Eva hatten sich in den Wintergarten zurückgezogen, einen einstöckigen Seitentrakt mit Sprossentüren.

»Oh, Entschuldigung«, log ich, »ich wollte nicht stören.«

Leipold fuhr herum, entließ sein Opfer aus der Umklammerung. Eva trat einen entscheidenden Schritt zur Seite und winkte mich heran. Erleichtert, wie mir schien.

»Du störst doch nicht«, sagte sie, »danke, dass du gekommen bist.«

Eva trat auf mich zu und hauchte Küsse auf meine Wangen. Flüchtig berührte meine Hand ihre Seite, ich fühlte ihren Beckenknochen. Sie war dünn geworden.

»Ist doch selbstverständlich«, bollerte Leipold in die Bresche meines Schweigens, legte seinen schweren Arm um meine Schultern und zog den Schraubstock seiner Hand jäh fest um meinen Nacken. »Dafür sind wir doch da. Du kannst immer auf uns zählen.«

Ja, Leipold, treib sie in meine Arme. Er kann nur mit seinen Kanzleihäschen, er hält sein Gepolter für Charme, seine Aufdringlichkeit für Rhetorik. Sogar heute hat er seine roten Hosenträger an, die Ärmel wie immer aufgekrempelt. Leipold hat keine Chance. Ich mache mir eher Sorgen um Hennermeier. Hennermeier ist intelligent, er hat Verve und Stil. Und Schulden. Mehr Schulden, als Leipold und ich zusammen.

Wir vier sind zusammen aufgewachsen, Hennermeier, Leipold, ich und die Eva. Hier in diesem Kaff, im Schatten des Werks, wie man so sagt. Im Schatten von Evas Vater. Leipolds Mutter war seine Sekretärin gewesen, Hennermeiers Vater war Evas Kinderarzt, und meine Eltern haben diesen Wintergarten gebaut. Und die neue Werkshalle. Und den Kindergarten, den die Firma gestiftet hatte. Meine Eltern waren hier Hofbaumeister gewesen.

Nach dem Abitur haben wir zusammen studiert, zuerst in Freiburg, dann in Berlin. Hennermeier Medizin,

Leipold Jura, Eva Kunstgeschichte und ich irgendetwas. In Freiburg hatten wir zusammen in einer WG gewohnt, Leipold sein Studium schon dort abgeschlossen und nach Berlin geheiratet. Wir anderen waren ein paar Semester später nachgekommen.

Dann war Evas Mutter gestorben – das Ende einer gesicherten, aber weitgehend glücklosen Existenz, zusammengehalten von Wohltätigkeitsveranstaltungen, Wellness-Urlauben und Psychopharmaka. Eva erlitt einen Nervenzusammenbruch und musste ihr Studium unterbrechen. Sie zog an die Ostsee, um zu malen. Leipold ordnete derweil den Nachlass ihrer Mutter.

Ich hatte Eva oft in Mecklenburg besucht, war dann ganz zu ihr gezogen. Sie hatte mich darum gebeten. Es gab nichts, was ich hätte unterbrechen können. Ein Jahr lang saßen wir einträchtig zusammen in dem reetgedeckten Haus auf der Darß, und Eva malte, was sie für Kunst hielt, und ich schrieb, was ich für Literatur hielt. Manchmal hatten wir Sex, auf eine unkomplizierte, beiläufige Weise. So, wie man sich gegenseitig die Gummistiefel auszieht, weil es so praktischer ist.

Im Herbst des gemeinsamen Jahres waren wir nach Prora gefahren. Regenstürme peitschten unsere Gesichter, als wir versuchten, unsere Werke zu verbrennen. Evas Sinn fürs Theatralische hatte die gigantischen KdF-Bauten von Prora als Kulisse für unser Autodafé gewählt. Rotwein und Tränen liefen über Evas Gesicht, es war lächerlich.

»Ich übergebe den Flammen die Werke von Eva Stigel«, hatte sie in den Wind gebrüllt, während ich eine ihrer Acrylstudien im Pollock-Stil mit Strohrum tränkte. »Wegen kraftlosen Epigonentums und des nie und nimmer zu tilgenden Geruchs nach Selbstverwirklichung.«

In hohem Bogen schleuderte sie die Leinwand vom Dach des Betonriesen. Eine Bö erfasste das lodernde Stück Stoff, wirbelte es hoch und riss es dann in die schwarze Tiefe der sechs Stockwerke darunter. Eva kicherte.

»Ich übergebe den Flammen die Schriften von Harald Menninghoff«, schrie ich.

Eva präparierte mein Manuskript mit Rum und goss großzügig vom teuren Rotwein nach, den ihr Vater geschickt hatte.

»Das wenigstens haben sie verdient«, sagte sie und strich über meine Wange. Ich packte den Stapel, und Eva zündete ihn an.

»Wegen Provinzialität, Selbstüberschätzung …«

»… und entsetzlicher Larmoyanz«, grölte Eva, und ich schleuderte den Stapel in den Regen. Als der Morgen graute, war unser Werk zu einem breiigen Haufen Asche am Fuße einer faschistischen Ferienkolonie verbrannt.

Ein verdient unrühmliches Ende, versicherten wir uns gegenseitig und schworen heilige Eide, dem Künstlertum auf ewig zu entsagen. Dann schliefen wir zum letzten Mal miteinander, und Eva machte einen mäßigen Abschluss in Kunstgeschichte.

Eine Woche nach der Beisetzung ihres Vaters trafen wir uns zum Abendessen. Leipold hatte angerufen; ich hatte ihn unterschätzt.

»Eva und ich«, hatte er gesagt, und diese Einleitung wie eine Liturgie wiederholt, »Eva und ich würden uns freuen, wenn du heute Abend zu uns zum Essen kommen würdest. Hennermeier kommt auch.«

Eva hatte sich wegen des Erbfalles tatsächlich an Leipold gewandt. Zwar würde der Verkauf der Firma von deren Justitiaren abgewickelt werden, doch beriet Leipold sie in persönlichen Belangen und hatte sich im Arbeitszimmer ihres Vaters einquartiert.

»Eigentlich stehe ich ihr nur als guter Freund zur Seite«, hatte sich Leipold am Telefon gebrüstet. »Wir sind uns auch wieder nähergekommen, Eva und ich.«

Leipolds »wir« kam mir nicht mehr aus dem Sinn. Ich rief Eva an.

»Stefan ist ein Schatz«, sagte sie, »er kümmert sich rührend. Du weißt ja, wie er ist.«

Das wusste ich allerdings.

»Ich glaube, er genießt es sogar mehr als ich. Mein Vater hat seinen Nachlass derart pedantisch geregelt, das verstehe sogar ich. Stell dir vor, es gibt für alle Papiere einen Registerordner und ein Farbleitsystem. Außerdem steht Dr. Kropp jeden Morgen vor der Tür, dass sei er der Tochter seines besten Freundes schuldig, sagt er.«

»Dann sag Stefan, dass du ihn nicht brauchst.«

»Ach, ich weiß nicht. Es tut ihm gut. Er wird gebraucht.«

»Anscheinend doch nicht.«

»Hör auf! Du weißt, was ich meine. Die Scheidung hat ihn fertig gemacht, er ist allein.«

Leipolds Ehe war schon wenige Monate nach der Trauung ein Trümmerhaufen gewesen, trotzdem hatten sich die Eheleute Leipold sieben Jahre lang gequält. Sich und das Kind. Die Scheidung der beiden Juristen war ein Krieg gewesen, über Monate Kantinengespräch am Moabiter Landgericht, und Leipold hatte diesen Krieg schließlich verloren. Das hatte ihm mehr zugesetzt als die Scheidung. Er hatte als Jurist versagt, auch wenn er sich natürlich nicht selbst vertreten hatte, aber es war doch an ihm hängengeblieben.

»Du solltest jetzt zuerst an dich selber denken, Eva. Stefan kommt schon zurecht.«

»Erinnerst du dich noch an unseren Schwur?«, wechselte Eva das Thema.

»Auf ewig zu entsagen der Kunst und ihren Fallstricken?«

Eva lachte leise auf.

»Ich glaube, ich werde rückfällig. Ich will wieder malen. Ich will bestimmt keine Kunst machen, ich will einfach wieder malen, verstehst du das?«

Ich bejahte und machte ein paar Witze über meine eigenen Rückfälle, über die paar veröffentlichten Kurzgeschichten, und entband sie feierlich von unserem Schwur. Ich redete ihr gut zu, sich eine Auszeit zu gönnen. Ein paar Monate an der Ostsee.

»Habt ihr das Haus eigentlich noch?«, fragte ich, und sie sagte: »Ja.«

Ich erinnerte an Abende am Kamin, an Spaziergänge am Strand und horchte nach.

Sie schluchzte leise.

»Entschuldigung, ich bin bescheuert. Komm heute abend«, sagte sie und legte auf.

Friss das, Leipold.

Als ich klingelte, öffnete Leipold die Tür. Er trug das hellblaue Hemd aufgeknöpft, den weißen Kragen offen und die Hosenträger spannten über seinem Bauch. Früher war da nur Brust gewesen. »Barrel-chested« nannte Leipold sich gern und verwies auf seine Erfolge als Schwimmer. Deutscher Vizejuniorenmeister in 400-m-Lagen, das war Leipolds große Stunde gewesen. Bevor er mich begrüßend an sich riss, bemerkte ich, dass er die Hausschlappen von Evas Vater trug. Das war gut, Eva würde es hassen.

»Hennermeier verspätet sich«, erklärte Leipold und bollerte auf meinem Rücken herum.

Ich ließ ihn stehen und ging zur Küche, wo Eva stand und mit Frau Brunner, der Haushälterin, rauchte. Ich übergab meine Blumen und nahm Eva in den Arm.

»Gut schaust du aus.«

»Es geht mir gut«, sagte sie.

»Ei, der Harald«, sagte Frau Brunner und nahm mich beiseite, als Eva eine Vase holte.

»Ist gut, dass sie da sind. Dem Mädle geht's eben nicht gut. Ist gut, wenn ein Mann bei ihr ist.«

»Aber der Stefan …«

»Joh, der Leipold«, stöhnte sie, biss sich auf die Lippe und schaute mich entschuldigend an. »Er meint's halt gut, aber der ist doch nix für sie.«

Leipold war eben kein Architektensohn. Frau Brunners Welt war ein Kartenspiel und der uneheliche Sekretärinnensohn Stefan Leipold höchstens ein Karo-Bube, ich immerhin ein Herzkönig und der junge Herr Doktor Hennermeier wahrscheinlich das Kreuz-As.

Aber Kreuz-As kam nicht ins Spiel.

Gegen halb neun tischte Frau Brunner auf, als ob es ein Regiment zu ernähren gegolten hätte. Das war schon immer so gewesen. Leipold sprach von der Firma und erging sich in Schätzungen über deren Wert. Ich lenkte das Gespräch auf Literatur, um Leipold aus dem Feld zu schlagen, und Eva folgte mir bereitwillig. Leipold ging schon vor dem Dessert zum Whisky über. Gegen zehn verabschiedete sich Frau Brunner.

An der Tür strich sie Eva über das Haar, sagte: »Mädle!«, und Eva entgegnete: »Wenn ich Sie nicht hätte, Frau Brunner.« Daraufhin fing Frau Brunner an zu weinen, und Eva lachte gerührt.

Um halb zwölf beehrte uns Phillip Hennermeier mit seiner ganzen prachtvollen Anwesenheit. Der schöne Phillip. Sein Leben mochte in Scherben liegen, er selbst blieb makellos. Das lockige Haar unverändert voll, das gebräunte Gesicht unverändert jugendlich, mit ein paar markanten Falten um den Mund, die ihn allerdings nicht älter, sondern männlicher erscheinen ließen. Ein weltgewandter, abgeklärter Adonis. Er nahm Evas Gesicht in beide Hände, schaute sie lange an und küsste sie schließlich sacht auf die Stirn. Phillip Hennermeier liebte die pastorale Geste.

»Wie schön, dass wir alle wieder mal zusammen sind«, sagte er und entbot uns seine schmalen Chirurgenfinger wie zum Handkuss.

Ich bewunderte diese Gesten sanfter Herablassung und hasste mich für diese Bewunderung. Wie dezent Hennermeier Subordination einforderte.

Leipold ignorierte das und klatschte flach gegen Hennermeiers entgegengereckte Handfläche: »Henni, alter Quacksalber.«

Ich schüttelte wortlos seine Hand und stand auf. Wir umarmten uns. Ich mag Hennermeier. Man muss ihn mögen, er sieht aus wie ein Engel von Guido Reni. Wie ein Engel, der auf die Erde gestiegen ist, um zu zocken. Hennermeier ist spielsüchtig. Ich kann es aber nicht gegen ihn verwenden, weil er es offen erzählt. Eva weiß es natürlich auch.

»Meine Bürde«, nennt er es und schaut dabei so melancholisch umwittert und dekadent wie eine Figur von Oscar Wilde, dabei steht er mit schlecht gekleideten Idioten an albern fiependen Spielautomaten.

Hennermeier erzählt von seinem Projekt in Angola. Er hat die letzten beiden Jahre dort gearbeitet, sonst hat ihn ja keiner mehr genommen. Er stand vor der Wahl, Amtsarzt oder Lepradorf, das hat er mir selber erzählt. Natürlich erzählt er das jetzt auch, er macht sogar einen Sieg daraus.

»Ich bin ja nicht freiwillig da runter gegangen. Die ersten Monate waren die Hölle, aber dann hat's einen Schalter umgelegt, und irgendwie habe ich da mein Leben wiederbekommen. Ich erspar' euch die dankbaren Augen der Negerkinder, ist eh gelogen. Es bleibt eine furchtbar eklige und anstrengende Arbeit, ein Job für bessere Metzger, schlecht bezahlt außerdem. Aber ich glaube, ich gehöre dahin.«

Er schüttet sich und Eva ein Glas Rotwein ein. Hennermeiers Augen schwimmen im Kerzenlicht, er ist betrunken.

»Na ja«, sagt Hennermeier und zieht das Antlitz eines schmerzensreichen Christus auf, »alle paar Monate fliege ich nach Kapstadt und verzocke an einem Abend im Grand West Casino mehr Geld, als meine Patienten in ihrem ganzen Leben zu Gesicht bekommen werden.«

Leipold grinst, Hennermeier entwindet ihm die Whiskyflasche und setzt sie an den Hals.

»Ich bin also immer noch ein Sünder«, spricht er weiter, »aber wenigstens büße ich in diesem Leben. Wie steht's mit dir, Leipold?«

Hennermeier liebt weiß Gott das Pastorale.

»Nix zu büßen,« grunzt Leipold. »Nicht jeder ist ein Zocker, Henni.«

»Ach, Leipold! Karten auf den Tisch. Wir sind alle aus einem einzigen Grund hier. Unsere über alles geliebte Freundin Eva Stigel …«

Eva griff nach Hennermeiers Arm.

»Lass das, Phillip. Mach es nicht kaputt …«

Hennermeier drückt beschwichtigend ihre Hand.

»Es ist kaputt, schon immer gewesen, Eva«, sagt er leise und fährt in seiner Rede fort, nachdem er mit dem Dessertlöffel gegen sein Wasserglas geklingelt hat.

»Unsere angebetete Freundin also ist qua ihrer hochmögenden Abkunft und dank des Ablebens ihres gottgleichen Vaters …«

»Er war ein Arschloch«, wirft Eva dazwischen.

»… dank des Ablebens ihres gottgleichen, wenn auch vollkommen widerwärtigen Vaters …«

Er sieht zu Eva hinüber, aber die wendet sich ab.

»Wie reich bist du, Eva?«

Eva zuckt mit den Schultern.

»Zwanzig Millionen«, verkündet Leipold.

»Eher dreißig«, bemerkt Eva sachlich.

»Jedenfalls ist die liebe Eva eine stinkreiche Bratze. Und wir, wir drei sind bettelarme Jammergestalten.«

Hennermeier schwankt um den Tisch und umfasst meine Schultern.

»Unser Harry hier ist sogar Schriftsteller.«

»Bin ich nicht.«

»Jedenfalls können wir gesichert davon ausgehen, dass Harry in wirtschaftlicher Hinsicht genau der sympathische Versager bleiben wird, als den wir ihn schon heute so schätzen und achten.«

»Prost!«, brüllt Leipold.

»Zu dir komme ich auch noch, Fettwanst.«

Leipold protestiert, als Hennermeier sich auf seinen Schoß wuchtet, lässt ihn aber gewähren, so wie wir Hennermeier immer haben gewähren lassen.

»Bei Stefan ist die Sache komplizierter: Er kann Geld verdienen, wird es aber gleich wieder los. Der gute Leipold will nämlich immer hoch hinaus. Die Bürde seiner niederen Herkunft. – Nein, sag jetzt nichts, Stefan.«

Leipold brummt unwillig und nimmt einen Schluck aus dem Whisky-Glas, das er vorsichtig an Hennermeiers zappelnder Gestalt vorbeiführt. Hennermeier lässt prostend die Flasche dagegenkrachen.

»Hand aufs Herz, Leipold, gibt's irgendein windiges Neue-Medien-Geschäft, bei dem du kein Geld verloren hast?«

Leipold schweigt.

»Jedes Mal steht unser guter Leipold bereit und macht den Geldsack auf. Weil er nämlich jede Nacht vom todsicheren Tipp träumt, und das, mein lieber Leipold, das kommt mir nun sehr bekannt vor.«

Hennermeier steht auf und verbeugt sich vor Eva.

»In meinem Fall nämlich ist die Beweislast erdrückend, Madame. Ich bin ein Spieler. Ich bekomme bei Beträgen wie dem genannten feuchte Träume, juckende Finger und halluziniere unglaubliche Mengen an Jetons und durchwachte Nächte am Roulette-Tisch. Mit diesem Haufen kann man sogar die Bank knacken und das, liebe Freunde, das ist die Offenbarung für jeden Spieler, die herbeigesehnte Apokalypse, die große Hure Babylon in den Abgrund zu stoßen ... ist ja auch egal.«

Hennermeier lässt sich krachend auf den Stuhl fallen und schlägt die Augen nieder.

»Um es kurz zu machen: Wir wollen dich, Eva! Dich, deinen Körper und dein Geld, wenn auch nicht unbedingt in dieser Reihenfolge.«

Eva, die bislang mit regungsloser Miene zugehört hatte, steht auf.

»Ich glaube, ich muss kotzen«, sagt Eva und rennt zur Toilette.

»Und was machen wir jetzt?, fragt Leipold in die Stille, die Eva hinterlassen hat. Die Toilettenspülung war schon lange verrauscht, Eva aber noch immer nicht zurückgekehrt.

»Wir duellieren uns«, höhnt Hennermeier und attackiert Leipold mit dem Buttermesser. »Und der Gewinner heiratet sie.«

Leipold fährt hoch und schlägt Hennermeier die Faust ins Gesicht. Er setzt sich wieder und gießt Whisky nach, ohne nach dem am Boden Liegenden zu sehen.

»Schluss ist jetzt«, sagt er.

Wir haken Hennermeier unter und schleppen ihn die Ausfahrt hinunter. Noch während wir auf unser Taxi warten, kommt Hennermeier zu sich und übergibt sich in den Oleander. Oben auf der Terrasse sehen wir den Glutpunkt von Evas Zigarette leuchten.

Ich habe sie erst vier Jahre später wiedergesehen, auf Hennermeiers Hochzeit. Er hatte zwei Tage vorher per SMS eingeladen, und dann trafen wir uns im Standesamt unserer Heimatstadt, einem zu Tode restaurierten Fachwerkbau mit Geranienkästen und eingelassenen Halogenleuchten im offenen Dachgebälk. Leipold war da, er hatte eine Frau mit, die er als »Jenny« vorstellte. Ich erinnere mich nicht mehr an ihr Gesicht, aber ich weiß noch, dass sie zwei große Papiertaschen mit Prada-Aufschrift trug, die sie nicht im Auto hatte lassen wollen, weil der Verschluss des Verdecks defekt war. Eva trug ein dunkelblaues Kostüm und sah aus wie eine erfolgreiche Geschäftsfrau.

»Ich bin eine erfolgreiche Geschäftsfrau«, sagte sie lachend auf mein Kompliment hin. »Na ja, so was Ähnliches. Ich habe eine Galerie, aber ich muss ja kein Geld damit verdienen. Ich hänge einfach hin, was mir gefällt.«

»Das ist schön«, erwiderte ich und erinnerte mich. Eva hatte einmal am Telefon von der Galerie gesprochen und von ihrer Stiftung. Sie hatte mir damals ein Stipendium angeboten. Weil es falsch gewesen war, mein Manuskript zu verbrennen, hatte sie behauptet.

»Nein, es war richtig«, entgegnete ich und schlug das Angebot aus.

Wir schwiegen beide recht lang. »Überleg es dir«, sagte sie noch, dann hängte sie ein.

Hennermeiers Frau hieß Martha, eine Krankenschwester aus Nairobi. Sie sprach ein weiches Englisch, durchsetzt von eigentümlich rollenden Labial-Lauten. Sie war eine kräftige Frau, eine Matrone mit einem weit vorstehenden Hintern. Leipold versuchte einen Witz darüber, aber niemand lachte. Nach der Trauung besichtigten wir Evas Galerie, und Hennermeier kaufte ein Bild, dann gingen wir gemeinsam Essen. Auf der Herrentoilette borgte sich Hennermeier zweihundert Euro bei mir, um die Rechnung bezahlen zu können.

Bitte beachten Sie auch folgende Titel …

Der Exot
Zeitschrift für komische Literatur

Mit Texten von Christian Bartel, Katinka Buddenkotte, Thomas Tonn sowie vielen weiteren Autoren der Neuen Deutschen Schriftstellerei, deren Bravour, bundesdeutschen Alltag abzubilden, weithin ihresgleichen sucht.

Abonnenents: redaktion@exot-magazin
Vier Ausgaben für 20 Euro. Das Abo verlängert sich nicht automatisch.

Dagmar Schönleber
Nackt im Bus
Melancholerische Großstadtgeschichten

Dagmar Schönleber schreibt von Jugend und Aufbruch, roten Glückssocken und weiblichen Schwächen, von Liebeskummer und seltsamen Träumen. Und das alles gerät ihr so unnachahmlich lebendig und witzig, so pointiert und beschwingt, dass die Lektüre der Geschichten zum Vergnügen wird. Mehr noch: Ihre Freunde Kalle, Exe und Anjita sowie den Nachbarn Puddingbrumsel hätte man gern schon früher kennengelernt.

ISBN 978-3-936819-26-7
152 Seiten – Paperback

Brasse Hering
Reise der Lampenschirme durch den Kongo
Roman

Ein Buch, in dem der Irrsinn fröhlich Purzelbäume schlägt. Homo-Piraten mit ihrem Schiff, der »Elton John«, sprechende Dorsche und jede Menge Kylie Minogues, und mittendrin Alois Zauselmeyer, der sich mit einer Ladung Lampenschirme auf dem Weg in die geheimnisumwitterte Urwaldstadt Kokokokokele befindet. Komisch, witzig, schräg, charmant.

ISBN 978-3-936819-23-6
148 Seiten – Paperback

Laabs Kowalski (Hrsg.)
Mannsbilder – Sie leben mitten unter uns
Das Buch zur großen Comedy-Sendung bei Sat.1

Gemeinsam mit Nacktschnecken und Seegurken gehören Männer zu den eher kuriosen Spezies in der Natur. Sie erobern Kontinente und zerstören sie, halten weiße Socken in Sandalen für sexy und fürchten sich vor Wasser und Seife. Wieso? – Dieses höchst komische Buch klärt auf und schildert Details, die man so präzise gar nicht wissen will.

ISBN 978-3-936819-32-8
172 Seiten – gebundene Ausgabe